屈服

Soumission

米榭・韋勒貝克 Michel Houellebecq —— 著
嚴慧瑩 —— 譯

導讀

韋勒貝克，或小說的擴增實境

楊凱麟（台北藝術大學藝術跨域所教授）

再次的，韋勒貝克以小說掀起了滔天巨浪，在他的第六本小說《屈服》裡，擱在賭桌且準備與全世界梭哈的是伊斯蘭教。

「使用了恐懼的事實」，他這麼承認。但小說裡並沒有毫無節制的「恐怖主義到底」的血腥情節，相反的，出現的是伊斯蘭超級天才政治家，經由極高明的政治協商在二〇二二年的法國總統大選中一統江山，反伊斯蘭反移民反歐元的極右派民族陣線瑪琳・勒朋出局，法國全面被伊斯蘭化，一夫多妻、保守服飾、女性退出職場……各種新制與習俗悄無聲息地改變社會的樣貌，政教再度合一，阿拉伯世界的巨大財源挹注到各種重要職位上，皈依伊斯蘭教者獲取一切利益，薪資、住房、美食、收藏、嫩妻等等唾手可得，歡迎有能力的伊斯蘭兄弟共同加入這個美麗新世界……。

這本「政治預言」小說（或「政治驚悚」、「政幻小說」、（反）烏托邦小說……）刺中歐洲最敏感的神經，直球對決般毫無意外引爆了左派勢力的集體憤怒、焦慮與深重挫折。二〇一五年初上市前夕，法國媒體沸騰閃爆，各方政客、評論、名嘴廝殺見骨，有人直說這是「文學自殺」（suicide littéraire），伊斯蘭恐懼症者寫出的最失敗、腐化文學的書，也有人將《屈服》與《一九八四》、《美麗新世界》並列為「揭露現在真相」的預言。作品引發的政治評論（與謾罵）遠超過文學評論。

以小說家的自由（寫作的自由與選擇議題的自由）嚇壞所有人，無人能出韋勒貝克之右，他似乎總是深諳於示範文學的反叛，與必要的政治性，而且每一次總是跨過那道界線，觸及殘酷的底限。

對於韋勒貝克的介紹通常這麼起頭：法國重要作家（有時再加上「最」），最多被讀與被譯的法語小說家，二〇一〇年龔固爾獎得主（得獎後對圍繞的記者群說：以後你們不用再問我何時才要拿龔固爾獎了），然後，是他歷來小說所製造的各種風波與「醜聞」，包括小說裡戀童與賣淫的白描、抄襲、各種政治超不正確等。他既是小說家也是詩人、攝影師、導演、劇本創作者、演員、評論家、歌手、菸不離手的酗酒者、媒體炒作者、醜聞與極度挑釁者、暢銷書作者、逃稅者，父、母、祖母皆是共產黨員，自我流放在愛爾蘭與西班牙多年後，二〇一二年因「對外語的厭倦」返回巴黎定居。傳奇般的一生與各種創作簡直是當代法國文學的救世主與白馬王子，文學在韋勒貝克之後成為一種生動的現象與事件。

然而，韋勒貝克從不待在我們期待之處。

置身在福婁拜、普魯斯特、塞利納、羅伯—格里耶等偉大法文文體作者之列，他的書寫卻以「無風格」著稱，意思是，沒有太特殊易辨別的行文特徵（被喻為「菜市場的波特萊爾」），甚至被舉發在《誰殺了韋勒貝克》中有好幾頁是未加標注地逐字抄錄維基百科，再版時不得不狼狽地向維基致謝。

這樣的「屈服」，韋勒貝克並不以為然，他以一則短視頻提出或許是當代小說技巧最激進的雄辯，「將現實—虛構糅雜莫辨的企圖，許多人早就做了，我特別受到培瑞克、波赫士的影響……這構成文學方法的一部分……如果他們想成是剽竊，那麼是（他們）水準不夠。」

是的，小說所真正押注的全副籌碼在此。小說既非現實也非虛構，而是現實與虛構的不再可區分，虛與實的界線消融於創造性的敘事運動之中，不是簡單的說謊、瞎掰或偽知識，而是動員一切「事實材料」，「補綴、編織、交錯」，但既不是為了「說真話」，更不是為了唬爛，而只是為了最終能抹除真假黑白的僵固界線，劈開讀者的腦袋，讓劃界不再可能，終結一切形式的真理法庭。因為小說從不是為了黑白分明的世界而存在，虛實判教並不是小說的責任，相反的，當代文學誕生在真假無法被指定、無法被定位也無法被檢證的不可見動態之中，也奠基在此動態所掀起的一切殘酷性上。這便是當代小說家的「債務」，因為不管是在當代哲學或當代藝術領域，一切對真理與真相的再現都已不再可能，真理體制早已傾覆，小說家必須致力於擴增這個在一切形式與意義上「再現已死」的世界。

以小說抹除虛實的界線，韋勒貝克是箇中高手。在這個意義下，他堅定地以小說創作實踐了當代對柏拉圖主義的反叛，但不是以假亂真，而是不僅不再在乎真假，也取消一切與真理的距離測度，不再排序也不再區分。簡言之，不管堅持真或堅持假，都仍然隸屬古典的真理體制，而顛覆的真正創造性在於徹底抹除真假的邊界，從此休談什麼真相，小說僅誕生在界線的挪移、跨越與最終的消失中。用當代哲學的語彙來說，小說意味著「擬像」（simulacre），柏拉圖世界中所最懼斥否決之物，因為它總是「似乎相似，但卻不真的相似」。因此能錯亂與重置一切真假虛實的僵化判準，摘除了我們總是對於真相的執妄，離開以模仿與再現為志業的柏拉圖主義，贖回屬於文學的權力與威力。

因為小說，虛構與現實正慘烈地相互侵吞，而且因此可以不斷相互跨界，其中之一取代另一，或反之。這不僅是指向早已四處烽火令人喪膽的恐怖攻擊（戰爭已不被框限於電視螢幕裡的敘利亞沙漠，而且侵入法國首都的劇院並屠殺百餘人……），當代小說所欲激起的激進實踐，以層層瓣瓣彎摺疊壘的曲筆所達成的「非虛構」（non-fiction），既非純然虛假或謊言，也非當下事實，而是歷史的加速、快轉（accélération de l'Histoire）與擴增實境，是在時間軸線上動靜快慢的天才調撥與操弄，個體在大歷史的結晶作用下（羅馬帝國一統天下或世界的徹底伊斯蘭化）持續滋生與流變的生命層。

在虛實真假無止境侵越與相互冒犯中，《屈服》是當代最敏銳、激進的高端小說提問。傳統左右派政黨政治早已失靈，性別抗爭逐漸退隱，一切分明的劃界與區隔都在消失，在全球的尺度上存有模式已成為某種「宗教先決」的世界。回歸宗教，甚至是回歸基督猶太教與伊斯蘭教的古老衝突與對決，只是這一次不再是十字軍東征，而是伊斯蘭教的逆襲，意圖在歐洲重建一個「伊斯蘭化的羅馬帝國」，領銜主導的不再是左派或右派勢力，而是媲美拿破崙的伊斯蘭政治協商天才，在尼采宣告神之死後一百年，神再度復活，只是從此祂的唯一名字是阿拉，伊斯蘭（Islam）的阿拉伯文意思正是「屈服於神的秩序」。這是何種「人間條件」（condition humaine）？何不讓這一切在小說裡實現？正是在這個讓歐洲喪膽的「何不主義」，韋勒貝克擲出了他小說中虛實相間的文學賭注，這本滑行在恐懼上的小說迂迴潛行，一次又一次的折返與逆行，語調陰鬱、氣餒而極度絕望地聲稱「歐洲已完成了它的自殺行動」，直到最後現實與虛假的不可辨識。

在每一次因小說所掀起的「韋勒貝克現象」之餘，《屈服》展示的某種文學當代性更是值得進一步思考。本書主角是十九世紀末法國作家於斯曼（Joris-Karl Huysmans）最頂尖的研究者，在書中翻騰攪動的政治現況中，韋勒貝克寫的其實是一本「書迷之書」，以於斯曼作為漣漪中心層層往外觸及十九世紀法國文壇，建構一段充滿個人感情的「文學友誼」，並意圖以此重構絕望與平庸的現世世界。政治與文學、文學與宗教、未來與過去在小說中裂解為多重的平行世界，卻也在主角身上會合。在政治與社會的錯亂與紛擾中，主角不斷重讀於斯曼的作品，被授命主編於斯曼的七星文庫全集（Bibliothèque de la Pléiade），重訪他當年的行腳蹤跡，政治預言透過文學史的考校與思索而被進一步戲劇化與問題化。寫小說就是寫「寫小說」的過程與程序，作為當代最聰明的小說家之一，韋勒貝克再次向我們展示這個程序。這次他鑽進「法國文學史」的故紙堆中，以本格的方式見證某種小說即「自我繁殖自我」的詭怪生殖過程。

《屈服》預計上市的當天早上（二〇一五年一月七日），兩名武裝分子侵入並屠殺《查理週刊》辦公室，槍手在一週一次的編輯會議中逐一點名開槍，十二死十一傷。當期的封面就是韋勒貝克的諷刺肖像，標題：占星家的預言。虛構與現實在這一天再度無情的交會，界線再一次的被抹除，只是這次不只是政治預言，暴力也不再被拘禁於字詞或影像中，而是一切現實力量都昂起匯聚並實現其威力的「混合實境」（Mixed Reality）。韋勒貝克中止一切新書活動，在警察保護下人間蒸發。一週後，《查理週刊》在無數人的支持與聲援中如期出刊，封面是哭泣的阿拉伯人，標題：「一切都被寬恕」。

譯序

見山不是山，見水不是水的《屈服》

嚴慧瑩（《無愛繁殖》、《情色度假村》暨本書譯者）

法國文壇壞痞子韋勒貝克又回來了！而且這位桀驁不馴、天不怕地不怕的文壇大明星最新的小說，書名竟是《屈服》！

法國媒體曾描述韋勒貝克每出一本書，就像文學界掀起一場「流行性感冒」。自二〇一〇年獲得龔固爾文學獎之後首度發表的小說《屈服》，讓文學界，甚至整個法國政治界和社會都重感冒。

《屈服》預定出版上市的日期是二〇一五年一月七日，對這個重量級暢銷作家的新書，出版界、媒體無不嚴陣以待，不管是豪華慶典或是磨刀霍霍，總之會是盛事一樁。不料，一月七日當日發生《查理週刊》恐攻事件，新書造勢活動全部取消，延遲發布。當時的總理曼努耶·瓦爾斯（Manuel Valls）對全民發表信心喊話時，還說了一句：「法國不會屈服，法國不是韋勒貝克！」

這句話是什麼意思呢？其實，韋勒貝克向來被批評為仇恨伊斯蘭教、恐懼伊斯蘭教。雖然他從未表明態度，終究說過「所有的宗教都很蠢，但最蠢的是伊斯蘭教」這句話。在政治情況緊張、與伊斯蘭教的關係劍拔弩張之際，總理自然把他抬出來，指出法國並不仇恨伊斯蘭教，不若韋勒貝克。

這本新書名為《屈服》（*Soumission*），而soumission這個字也是阿拉伯文Islam的法文翻譯，指的是「屈從臣服於真神」；這書名絕非偶然，昭示了本書將大幅談及伊斯蘭教。

故事時間是在二〇二二年的法國總統大選期間（也就是下一次的大選），新興起的「穆斯林兄弟會」黨候選人賓阿貝擊敗左、右兩大政黨候選人，和極右派女候選人角逐總統之位，結果由「穆斯林兄弟會」黨候選人當選（翻譯本書時正值二〇一七年總統大選，第一輪左、右兩大黨候選人令人跌破眼鏡地遭淘汰，成立「前進黨」不到一年的馬克宏勢如破竹，和極右派候選人角逐總統之位，結果第二輪打敗極右派，當上總統。現實幾乎忠實上演小說情節，不得不令人佩服韋勒貝克不是天馬行空，而是對政治社會有著犀利的觀察與預測）。回教總統上位之後，積極改革教育、社會體制，逐步將法國改變為回教國家。

書中主角（也是敘述者）弗朗索是巴黎三大的教授，專門研究於斯曼的作品（書中藉著談論於斯曼從荒唐縱慾到皈依基督教、退隱修院的過程，探討宗教與個人的關係）。他對教學毫無熱忱，研究工作遇到瓶頸，和父母幾乎失聯，沒有可信賴的朋友同事，沒有結婚生子，每年換個女學生當情人（最後一個猶太裔女友因法國伊斯蘭教高漲的勢力搬回以色列之後，連情人都不找了，以召妓解決需求），生活就是微波食物、菸酒、以及看總統大選的電視直播。一個充分意識到自己生命無趣的行屍走肉：「我的肉體將只是一堆慢慢解體的器官，我的生命將成為無休止的折磨、黯淡無趣、不存價值」、「我對學術的興趣已大幅降低，我的社交生活和肉體情況可以一比，也只剩下一連串的小麻煩——洗手台堵塞、網路壞掉、駕駛執照被扣點、清潔太太手腳不乾淨、報稅錯誤——仍不斷輪番出現，幾乎不讓我有片刻消停。」

伊斯蘭教化的法國，許多事都徹底改變了。主角因不是伊斯蘭教徒被大學辭退，女教授們也被剝奪教職，女學生們必須戴回教頭巾。甚至商場的商店和氣息也都變了，女性被鼓勵少讀書多生育、在家相夫教子，一夫多妻制度合法化。

主角最後受三倍薪水的誘惑，被伊斯蘭新制的索邦大學延攬，皈依伊斯蘭，重回大學執教，甚至接受安排娶妻，本書結尾的最後一句話是：「我將心無所悔。」因此，這是個happy ending？值得注意的是，故事結尾這一段使用的是文法上的「條件式語句」（conditionnel），是一種可能的語態，意即實際上沒有發生，或是尚未發生。因此，主角最後到底皈依伊斯蘭了嗎？他說：「一個新的機會將在我面前展開，這將是開創第二個生命的機會。」後來果真如他所願了嗎？留給讀者的還是一個問號。

在真實的情況背景下（大家耳熟能詳的政界人物和明星媒體記者、真實的連鎖商店和超市、真實的街名地名），作者發展出一個諷刺的虛假情節（伊斯蘭教統治法國，推行一夫多妻），讀者介於虛虛實實中，看似不可能的情節，卻又如此切身，恍若置身於一場不舒服的夢魘，見山不是山，見水不是水，一切都朦朧模糊，值得懷疑。

這見山不是山、見水不是水的尷尬情況，正是法國當前社會的寫照。歐盟情況不明，法國經濟不見起色，恐怖攻擊層出不窮，移民潮、國際化衝擊，國內族群對立，在這一片不確定、不明朗的局勢中，法國需要的不是贊同或反對伊斯蘭，而是重新找回自己的身分與定位，這個，才是本書的重點。批評韋勒貝克仇視伊斯蘭教的媒體、大聲疾呼和他切割的法國總理、認為《屈服》這本書是煽動恐懼伊斯蘭教的體現——他們，都沒讀懂韋勒貝克的寓言故事。

一個作家的責任，在於呈現社會現況，韋勒貝克所有的小說都致力於描述當代社會，從一個主角的眼光（而這個主角很可能是你、是我、是我們周遭任何一個人），以一個虛構的故事，描繪法國當前社會的猶豫、不安、對立，解剖最骯髒的膿毒瘡疤，抨擊政治圈、媒體、菁英大學教授。間或顯現小小一縷曙光，感受到一點愛的溫度，窺見一絲自由的希望：「過去總是美好的，其實未來也是，只有當下讓人不堪，在過去與未來這無窮幸福安詳的兩端，人們馱著像腫瘤一般的痛苦。」一言以蔽之，他所有的著作就是不斷探究生存的可能性，抒發存在的焦慮，這何嘗不是之前的卡繆、沙特所做的？

《屈服》這本書的風格延續作者一貫的冰冷筆觸，主角也如之前著作，幾乎可視為韋勒貝克的分身，儘管和社會疏離，被所有人拋棄（父母、女友、學校），卻總帶著小小的期望，掙扎著想獲得一點愛，建立一點和別人的關係（例如和學校守衛），人物非常鮮明，揪動人心。如同他在書中所寫：「一個作者首先是一個人，顯現在他的書裡，他的文筆好不好其實並不重要，重要的是他寫、並且能讓人感到他顯現在書裡。」我們絕對感受到作者，而且，他的文筆是公認的好。

藉著這本書，韋勒貝克批判整個歐洲基督教文化，挑明整個西方文明中的存在焦慮，這是個政治道德諷刺寓言，而諷刺的背後，往往隱藏著宿命的哀傷。韋勒貝克是個悲觀的觀察者，書中隱約顯現的一絲溫情、一縷陽光、一抹幸福的氣息，都襯托出更黑暗的深淵。

韋勒貝克在一篇訪談中說：「寫小說時我會有很多計畫，在完成之前，從不知它會按照哪個計畫朝哪個方向走，對我來說，寫作是一種摸索探險，也是樂趣，倘若我事先預知情節和結局，我就不會提筆寫它了。」對讀者來說，讀他的小說不是逛社區公園，而是進入枯竭的沙漠摸索探險。

為何不進入這沙漠摸索探險呢？終究，事關我們的存在啊！

目錄

第一部

「一陣人聲嗡嗡將他的心思引回聖蘇比教堂，唱詩班正要離開；教堂快關門了。我剛才真該祈禱的，他心想；總比坐在這椅子上空想做白日夢好一些；但是祈禱？我壓根都不想祈禱；我被天主教纏繞著，迷醉在焚香和蠟燭的氛圍裡，我在它四周徘徊，被祈禱感動得直到落淚，它的詩篇聖歌直入我的骨髓。我厭惡自己的生命，對自己感到厭煩，但是要開始另一種存在，還是相差甚遠！況且……況且……雖然我在教堂裡感動萬分，一出了教堂又變回冷漠無感。其實，他邊站起身跟著幾個人順著教堂侍衛指引的門走出去，邊告訴自己，其實，我的心已被荒唐的花天酒地絞得乾癟僵硬，沒救了。」

喬里—卡爾．於斯曼[1]《路上》（*En route*）

❖

在整個慘淡的青春歲月裡，於斯曼一直與我為伴，是位忠實的朋友。我從未懷疑，從未試著割捨下他，也從未轉移興趣到其他的作家身上。然後，二〇〇七年六月的一個下午，在推延一段很長時間、拖了又拖幾乎快要喪失答辯資格之際，我在巴黎索邦第四大學評審團面前進行了博士論文答辯，題目是：《喬里—卡爾．於斯曼，隧道的出口》。次日（也或許是當日晚上，我不敢確定，因為答辯當日晚上我是一個人，而且喝多了），我明白，我生命的一部分已經結束，而且或許是最美好的那一部分。

事情就是這樣，在我們這些社會主義—民主的西方社會裡，所有結束學業的人就是結束了生命中最美好的那一部分，但是大部分的人都沒有（或沒有立即）意識到這一點。他們被追求金錢的慾望催眠，更低階的一些則是發展出對某些消費產品的強烈依戀所催眠（這些是少

1 譯注：喬里—卡爾．於斯曼（Joris-Karl Huysmans, 1848-1907），十九世紀法國小說家，早期屬於以左拉為首的自然主義文學流派，後來以《逆流》（*À rebours*）一書為標誌脫離自然主義，在法國文學史上扮演承先啟後的角色。於斯曼的作品擅長對頹廢主義和悲觀主義的描述和剖析。

數，大部分人比較具思考性、比較穩重，只是對「永不疲倦且變化無常」的金錢帶著單純的迷戀）。除此之外，更是被想證明自己的慾望所催眠，想在這個他想像、他希望的競爭世界裡塑造出一個令人羨慕的地位、激勵自己能成為某個偶像而讓別人崇拜，例如運動員、時尚或入口網站設計師、演員、模特兒。

因為某些我既沒能力、也沒慾望去分析的不同心態，我個人對上述的人生軌道毫無興趣。一八六六年四月一日，十八歲的喬里—卡爾・於斯曼開始投入職場，在當時的「內政與宗教信仰部」擔任第六級職員。一八七四年，他自費出版了第一本短文詩集《辛香料盒》（*Le drageoir à épices*），除了迪奧多爾・德・邦維爾[2]發表的一篇極為友善的文章談論之外，並沒有引起注意。我們看到，他人生的開始並不怎麼轟轟烈烈。

他的公職生涯就這樣繼續，更廣義地說，他的生命就這樣繼續。一八九三年九月三日，他因擔任公職認真勤奮獲頒榮譽勳章。一八九八年，規矩的三十年公職生活後——扣掉中間因個人因素休息的幾年——他退休了。上班之餘，他抽空完成多本不同的書籍，使相隔一個多世紀的我視他為朋友。針對文學，很多事、或許太多事都已被討論過（身為專門研究這方面的學者，我認為自己絕對有資格說這句話）。然而，文學——在我們眼前正要結束的西方世界中的

主要藝術——其實並不難界定。文學和音樂能夠讓人產生情緒上翻天覆地、震撼驚異的感受，不論是悲傷或是狂喜；文學和繪畫能夠引發驚奇讚嘆，啟發觀看世界的新視野。但是能讓人感受和另一個人精神交集的只有文學，它能讓人感受到其精神的全部，它的弱點與宏偉、它的極限、卑鄙、既定觀念、信仰，所有令它感動、感興趣、興奮、厭惡的事物。只有文學能讓我們和死去的人溝通，比和一位朋友說話更直接、更完整、更深沉——儘管再深再長的友誼，人們談話時絕對不會像面對一張白紙、一個未知的讀者那樣完全掏心坦白。當然，談到文學，文字的風格、句子的音樂性自有其重要性；作者思考的深度、想法的新穎也不容忽視；但一個作者首先是一個人，顯現在他的書裡，他的文筆好不好其實並不重要，重要的是他寫、並且能讓人感到他顯現在書裡（很奇怪，這個簡單、外表上似乎不能拿來當作區分好書壞書的前提，其實就是區分好書壞書的原則，而且這麼明顯、容易觀察的事實，各家各派的哲學家們卻鮮少提及：因為原則上，每個人擁有的存在雖然質不一樣，量卻是相等的，也就是說，原則上，每個人的**顯現**是相等的分量；但我們獲得的印象卻非如此，相隔幾個世紀後，我們經常翻著書頁，

2 譯注：迪奧多爾・德・邦維爾（Théodore de Banville, 1823-1891），法國詩人、作家。

覺得書中內容是順應當時代而非出自一個獨立的個體，作者只是個模糊的存在，愈來愈隱沒無形）。相同的，我們喜歡一本書，首先是喜歡這本書的作者，希望在書中找到作者身影，想跟他共度一整天。在我寫論文的七年當中，於斯曼與我為伴，時時刻刻出現在我身旁。於斯曼出生於蘇傑街，先後住過塞夫爾街和先生街，過世時住在聖普拉西德街，葬於蒙帕納斯墓園。一生活動範圍幾乎不出巴黎第六區——就如同超過三十年的職業生涯，都在「內政與宗教信仰部」的辦公室裡度過。我之前也住在第六區，一個又溼又冷的房間，尤其陰暗，窗戶對著一個很小的內院，幾乎只能算天井，一大早房裡就得開燈。我窮得半死，如果要當時的我回答那些為了「掌握年輕人脈動」而經常做的問卷調查，我一定會在「經濟狀況」這一欄勾選「困難」。然而，論文答辯的次日早晨（也或許是當晚），我第一個想法是我失去了某個極其寶貴的東西，某個我再也找不到的東西：我的自由。數年期間，最後殘存奄奄一息的社會主義民主，（藉由獎學金、減免和社會福利系統、大學餐廳難吃但便宜的伙食）讓我能夠整天做我所選擇的一件事：和一個朋友在智識上自由地交往。安德烈．布勒東[3]正確地指出，於斯曼的幽默是獨一無二的慷慨幽默，給讀者先發制人的權力，邀請讀者預先嘲笑作者，嘲笑他誇張的巨細靡遺描寫、辛辣或可笑的抱怨。他這種慷慨，我比任何人都享受得多，當我在布利葉大學餐廳端著像醫院食堂的金屬餐盤，打了為阮囊羞澀的顧客群準備的蛋黃醬芹菜根或鱈魚泥（這些顧客顯然沒別的地方可去，比較好的大學餐廳又擠不進去，但是身上帶著學生證，這學生證是沒人能夠剝削走的），一邊想到於斯曼的修辭：「令人惋惜」的乳酪、「面目模糊」的比目魚，我想像著沒見識過大學餐廳菜色的於斯曼，該會怎麼形容這像監獄供餐的金屬托盤，這個想像讓我覺得自己在布利葉大學餐廳裡沒那麼可憐、沒那麼孤單。

但這一切都結束了，更廣義來講，我的青春歲月結束了。很快的（而且想必非常快），我必須開始投入職業生涯。這讓我一點都高興不起來。

❖

眾所皆知，在大學研讀文學幾乎沒什麼出路，只有最優秀者能繼續留在大學教文學——簡

---

3 譯注：安德烈・布勒東（André Breton, 1896-1966），法國作家及詩人，發表《超現實主義宣言》，為超現實主義的創始人。

而言之，就是一個滑稽可笑的情境，一個以自我複製為唯一目的的系統，淘汰剩餘率超過百分之九十五。被淘汰的倒也不會造成什麼干擾，甚至有時候還能起一些邊際效益。一個去Céline或愛馬仕應徵售貨員的年輕女子，首要的當然是注重儀容外表，但若有份現代文學學士或碩士文憑，在雇主眼裡也多少能起加分的作用。如果缺乏真正能派上用場的能力，會念書也或許能增加一點事業發展上的可能性——更何況，在奢侈品工業中，文學一向具有高輔助性的良好聲譽。

我自知屬於稀少的「最優秀學生」。我寫了一本很不錯的博士論文，預期會得到「優良」的成績；最後，我得到最高的「全體評審一致嘉獎」，當我後來看到論文審查報告非常完美，幾乎是過度讚美，很驚訝也很高興：如果我要的話，很可能得到晉升講師的資格。我的人生可以預期會和一個半世紀之前的於斯曼一樣，平淡無趣地過完。成年之後的頭幾年，我在一所大學裡度過，或許最後的幾年，也會在同一所大學裡度過（事實上並不全然如此：我拿到的是巴黎索邦第四大學的文憑，後來任職於巴黎索邦第三大學，名氣稍遜但同樣位於巴黎第五區，兩所大學相隔不過百公尺遠）。

我對教書從來沒有一丁點熱忱——十五年的教書生涯更證實了我原先的欠缺熱忱。以前為了改善生活，教過一些私人補習課程，讓我很快領悟到，在絕大部分的時間，傳授知識是不可能的；智力的範疇如此不一，差異又如此之大，基礎的高低差異不但無法消除，連減低都難以辦到。更糟糕的可能是我不喜歡年輕人——我從來沒喜歡過年輕人，就算我自己也被視為年輕人的時候也是。我覺得，年輕的意思是對生命抱著某種熱情，或某種反叛，而且至少對將被自己取代的一代帶著依稀的優越感；至於我自己，從未有過以上的感受。然而我年輕時期還是交過一些朋友——或者正確地說，有一些同學讓我可以不帶厭惡地在課間一起去喝杯咖啡或啤酒。尤其，我還有過幾個情婦——或者以當時代的說法（或許現在也還這麼說），我有過幾個**女友**——大約一年一個。這些羅曼史都以幾乎一成不變的模式進行。學年一開始一起做報告、互借筆記，反正就是大學生涯中經常會出現的社交機會，因此，一旦進入職業生涯，這些機會一一消失，讓大部分的人驚愕地陷入完全的孤獨之中。羅曼史進行一整年，她來我家或我去她家過夜（大都去她家，我慘淡、甚至破爛的房間終究不太適合浪漫約會），進行性行為（我私自猜想兩人都滿享受）。暑假結束，大學新學年開始，戀情就結束，而且幾乎都是女方開口結束。據她們的解釋——大部分時間沒有添加更多細節——暑假期間她們經歷了某些事情；某些女孩比較不考慮我的感受，直接告訴我她遇到了**某個人**。是喔，那又怎樣？我也是某個人啊。

回頭想想，我覺得這些純敘述事實的解釋根本不明確：她們確實遇到了某個人，這我不否認，但遇到某個人這件事的重要性足以切斷我們的關係，以便進行一段新的關係，這就是一個強烈而無以名狀的戀愛造成的典型行為，也因無以名狀，所以更為強烈。

以我自己年輕歲月的戀愛形式來說（而且我不認為情況會有多大改變），年輕人經過一段青少年前期的短暫性追尋之後，都會開始進行「排他」的獨占戀愛關係，嚴格堅守一夫一妻型態，不僅牽涉性關係，也牽涉人際的社會關係（約會、度週末、假期）。然而這些關係毫無確定性，只能算是戀愛關係的練習，有點像實習階段（在職場上，實習也很廣泛，是得到第一份正式工作的先聲試啼）。戀愛關係維持的時間長短不一（我本人的戀愛經驗每次維持一年，這算是可以接受的時間長度）、次數多寡不一（可信的平均數據是十至二十次），一次次經驗後昇華成最終關係，也就是一錘定音的婚姻關係，隨著孩子出現，演變為一個家庭。

我許久之後才發現這個模式極端空洞，其實是最近幾個星期之間偶遇奧菲莉以及桑塔拉之後，才發現的（但是，我相信遇到的若是珂蘿艾或米歐蓮娜，結果也不會有太大不同）。當我一抵達和珂蘿艾相約吃晚餐的巴斯克風味餐廳，就預感會度過糟糕的一晚。儘管我幾乎獨自灌下兩瓶伊盧雷基白酒，依然覺得要維持勉強熱情的交談難度愈來愈高、甚至很快就到達難以克服的程度。不知道為什麼，我立刻覺得談及我們的過往回憶是不得體、甚至難以想像的。至於目前呢，珂蘿艾很顯然並沒有成功地邁入婚姻階段，露水姻緣的關係讓她愈來愈厭惡，總而言之，她的感情生活無可救藥地全盤覆滅。言談之中，我側面猜到她曾一度試著穩定下來，卻沒成功，創傷一直無法復原。她談及男同事時充滿尖酸苦澀（實在找不到話題，只好聊工作——她在波爾多酒商公會擔任公關，經常出差，尤其得去亞洲進行法國名酒促銷），顯示她吃了不少苦頭。下計程車時，我很驚訝她邀我「再續最後一杯」，我心想，這女的真是走投無路了。電梯門關上的那一刻，我已知道今晚什麼都不會發生，我甚至不想看到她的裸體，寧可避開這一幕，但這一幕還是出現了，也證實了我的預感：她不只在感情層面吃了苦頭，身體也遭受了無法彌補的毀損，胸部和屁股只剩下貧瘠的表面，縮小了、鬆垮了、下垂了，她已經不是且再也不會被視為慾望對象了。

和桑塔拉的共餐也是差不多的模式，只有些微差距（這次是海鮮餐廳、她的工作是跨國藥廠管理階層祕書），結果也和上次大同小異。只不過桑塔拉比珂蘿艾豐滿，也比較能聊，無依無靠的感覺沒那麼強烈。她非常悲傷，沒救了，我知道她最後還是會全盤說出，就和珂蘿艾一樣，她也是一隻「羽毛沾上瀝青的鳥」，但——按照我的形容——她鼓動翅膀的能力比較大。

一、兩年之後，她會把所有結婚的企圖擺到一邊，氣數未盡的性期待會讓她極力尋找年輕男伴，這在我年輕時期稱為「如狼似虎」，最多持續十來年，之後就是肉體日漸成為瑕疵貨品，導致最後無法挽回的結果。

二十歲的時候，我可以在任何刺激下勃起，或是沒來由就勃起，有點無謂，那時候的我很可能樂於這種關係，總之比上家教課來得滿足且好玩。我想那時候的我應該可以勝任愉快，當然，現在是不可能了，勃起次數愈來愈少、愈來愈難，對象必須是一具緊實、柔軟、零瑕疵的軀體。

至於我自己的性生活呢，第一年當上巴黎索邦三大講師時，還沒有多大差別。持續一年接一年和系上女學生上床——其實對她們來說，我的老師身分並沒有改變什麼情況。一開始，我和女學生之間年紀的差異並不構成問題，而是漸漸產生了一種禁忌，原因來自我大學講師的身分，而非是我的年齡或是外表大她們很多。總之，我占盡男人在性感層面變老非常緩慢的好處，相對的，女人老化經常令人訝異地快速，幾年、甚至幾個月之間就全都垮了。和學生時代相比，真正的差異在於，現在每年開學斷了舊情的，是我。這完全不是出於嘗鮮的唐璜心態，也不是想花心縱慾。我和同事史蒂夫相反——他和我一起負責大一、大二的十九世紀法國文學課程，我並不會一開學就貪婪猴急地檢驗大一的「最新到貨」。他的運動衫、Converse球鞋、有點加州氣息的調調，每次都讓我想到電影《瘋狂假期》（*Les Bronzés*）裡，男主角蒂埃里．萊爾米特面對每週度假俱樂部的成員抵達時，走出小屋接待的那個樣子。我斷掉和這些年輕女孩的關係，毋寧是出於沮喪、厭倦：我不覺得自己的狀態能夠真正維持一段戀情，而且我想避免所有的失望、所有的幻滅。我都是在學年中改換女友，起因都是外在、無足輕重的原因——通常是一條短裙。

之後，連這個也中斷了。我和梅莉安九月分手，現在已是四月中，學年都快結束了，我都還沒換新女友。我被任命為教授，學術生涯可說達到了某種圓滿終點，但我認為這兩者之間並沒有真正的關聯。和梅莉安分手後不久，我就遇見奧菲莉，然後是桑塔拉，這之中產生了一種令人困惑、不安、不舒服的連結。經過一段時日的思考之後，我必須承認：我和那些前女友之間的關係比我們想像的還要親近，沒有長相廝守遠景的那些短期性關係，最後卻讓我們產生了近似於幻滅的感受。和她們不同的，是我不能和任何人坦白談心，因為男性社交的談話並不容許談論私人感情生活：他們談的是政治、文學、財經、體育，符合他們的天性；至於感情生活，他們至死都不會透露。

我是老了，進入了所謂男性更年期了嗎？有可能是因為這樣，我決定弄清楚，每晚掛在You-porn上，這個時有經年的網站已經成為色情網站的龍頭。一開始進入遊戲，結果立刻讓我心安。You-porn提供全球各地正常普通男性的性幻想，從進入網站第一分鐘起，我就確定自己是個絕對正常普通的男性。這其實不是那麼容易確定，我花了生命中一大部分時間研讀一個經常被視為「頹廢派」的作家，性在他的著作裡並不是一個清晰的議題。出了網站，我因獲得證實而心中平靜。這些影片有的品質極佳（洛杉磯劇務組拍攝的，有工作小組、燈光師、攝影棚布景工、攝影師），有的粗糙復古（德國業餘三流片），大抵不出幾個如出一轍但令人愉悅的情節。最常見的一個情節就是，一個男人（年輕男子？老頭子？兩種版本都有）笨兮兮地讓陽具在內褲或短褲裡沉睡。兩個種族隨著版本而變的年輕女人察覺了這不恰當的情況，立刻不停地把該器官從臨時庇護處裡端請出來。她們百般媚態挑逗讓他興奮起來，這一切都在女性的同謀友好的氣氛下進行。陽具輪流在兩張嘴裡進出，舌頭像燕子有點狂亂的交叉飛舞，那些在塞納河—馬恩河地區南邊劃過陰沉的天際，準備離開歐洲過冬的燕子。那個男的欲仙欲死，只能吐出幾個薄弱的單字；在表達這種情境上，法語尤其薄弱得可憐（「喔！媽的！」「喔媽的我射了！」差不多就是這個僵硬民族能說的了）；美國人詞彙就比較華麗比較強烈（「喔我的上帝啊！」「喔耶穌基督！」），這些詞彙似乎表達了不該忘記上帝的眷寵（不管是口交或是烤雞），不論如何，在iMac二十七吋螢幕前的我勃起了，因此一切都會好轉。

❖

自從我當上教授之後，課數少了很多，我得以把大學裡的工作集中到星期三一天。星期三早上八點到十點，我上的是二年級的十九世紀文學——同一時段，史蒂夫在旁邊的大教室裡教授一年級的十九世紀文學。十一點到下午一點，我上的是碩二的頹廢派和象徵主義課程。之後，下午三點到六點，我上一堂博士班討論課，回答博士生的提問。

我喜歡早上七點出頭就去搭地鐵，讓自己產生屬於「起早貪黑的法國」[4]那一群的錯

4 譯注：「起早貪黑的法國」（La France qui se lève tôt）：這是法國前總統沙柯吉（Sarkozy）在二〇〇七年競選總統時喊出的口號，指的是辛苦工作的勞動群眾。

覺——工人、匠師那群。但我大概是唯一這麼做的，因為八點鐘開課時，教室裡幾乎空蕩無人，只除了一堆冷峻嚴肅的中國女學生，她們彼此之間很少交談，更遑論和其他人交談。一到就打開手機，把我的課一字不漏地錄下音，一邊在二十一乘二十九．七公分大小的螺圈筆記簿上記筆記。她們從不會打斷我，也不問任何問題，兩個鐘頭課上下來，我感覺就好像還沒真正開始上課。下了課，我遇到史蒂夫，他也有相同的感覺——差異點只是在他課堂上，中國女學生換成了戴著頭巾的北非女學生，同樣認真，同樣深不可測。他幾乎每回都約我一塊兒喝杯咖啡，或是到大學旁隔幾條街的「巴黎大清真寺」去喝杯薄荷茶。我不喜歡薄荷茶，也不喜歡巴黎大清真寺，其實我也不真的喜歡史蒂夫，但還是跟著他去了。我想他很感激我答應邀約，因為大部分同事都不怎麼尊重他，大家都疑惑他是怎麼混到講師席位的，既沒在重要、甚至次要刊物上發表過任何文章，他寫的有關韓波的那本博士論文也差強人意，論文研究的題目徹徹底底狗屁不通，這是另一位女同事瑪莉—弗朗索絲．譚諾——她本身是研究巴爾札克的知名專家——說的，在法國所有大學、法語系國家、甚至其他地方，研究韓波的博士論文已不知寫了千萬本，韓波或許是全世界博士論文最感興趣的文人，排名大概只在福婁拜之下，所以嘍，只需找兩、三本以前在外省答辯過的博士論文，改一下頭換一下面，沒有人有實質辦法驗證，也沒有人有辦法或有慾望在電腦螢幕上埋在那些無名學生的千萬條長篇大論裡。根據瑪莉—弗朗索絲・譚諾所言，史蒂夫光榮的學術職業生涯或許只是歸功於他和德露絲媽媽有一腿。這雖然有點令人驚訝，卻也不無可能。他肩膀寬碩，頭髮半灰白，課程一成不變都是性別研究，巴黎索邦第三大學校長香塔兒・德露絲——在我看來是百分之百硬如磐石的女同志，但我也可能搞錯，也或許她仇視男人，一心一意想掌握他們，或許藉著強迫和善的史蒂夫那張漂亮無邪的臉孔、半長的軟鬈頭髮，跪在她肥碩的兩腿之間，會讓她達到新的一種狂喜滿足。不管是真是假，那天早上在巴黎大清真寺內花園的茶館裡，看著他吸著那噁心的蘋果口味阿拉伯水菸，我無法不想到那些。

如同慣常，他的話題永遠圍繞在大學階級系統下個人職業生涯的人事任命與異動，我從沒聽他談過這個議題以外的事。那天早上，他關心的是一個二十五歲、博士論文研究里昂・布洛瓦[5]的傢伙被任命為講師的這回事。據他認為，這傢伙「和『認同陣營』[6]那些人大有關係」。

5　譯注：里昂・布洛瓦（Léon Bloy, 1846-1917），法國小說家，虔誠天主教徒，捍衛猶太人，與反猶太文人展開筆戰。

6　譯注：「認同陣營」（Bloc identitaire）是法國極右派一個小政黨，積極排外，尤其反伊斯蘭。

我點起一根菸，以便爭取一點時間，一邊心想這跟他有什麼屁關係。一時之間，我甚至想，說不定史蒂夫的左派精神突然甦醒，隨後我告訴自己：史蒂夫體內的左派靈魂早就深深沉睡，若非是整個法國大學制度政治走向起了大變動，這左派靈魂還會繼續沉睡。他繼續說，這或許就是個徵兆，尤其是那個專門研究二十世紀初反以色列作家們的阿瑪．赫斯基剛被升上教授。更加上法國大學校長聯盟最近呼應了英國大學團的措施，共同抵制所有以色列學者。

我趁他正專心抽著那吸不上來的水菸，偷偷看了一下錶，發現才十點半，很難藉口下堂課快開始，必須要走了。這時突然一個點子浮現腦海，讓我能不冒什麼險地帶動話題：幾個星期以來，大家又重新談論一個四、五年前開始醞釀的舊有計畫，就是索邦在杜拜（或是巴林王國？卡達？我搞不清了）成立分校這檔事。牛津大學也在進行同樣的計畫，應該是索邦和牛津這兩所大學的悠久歷史吸引了某個石油大國吧？以這個前景來說，一個年輕講師大可以好好賺上一筆豐厚薪資，在這個情況下，他是否真的想靠反阿拉伯陣營那邊站？就他認為，我也應該這樣表態嗎？

我對史蒂夫投去熱切徵詢的眼光，這男孩腦子實在不太靈光，一下就舉棋不定了，我的眼光立刻起了作用。「你既然是研究里昂．布洛瓦的專家，」他期期艾艾地說：「必定對現在這些『認同陣營』、反猶太這些事情深有了解……」我嘆了口氣，筋疲力盡：布洛瓦從來都沒有反猶太，而我也絕不是研究布洛瓦的專家。我在做於斯曼研究的時候，當然偶爾會談論到布洛瓦，比較他們二者的語言用詞，在我唯一出版的書《新創詞的遺跡》裡——那應當是此生此世我學術努力的高峰，至少這本書得到《詩學》（*Poétique*）和《浪漫主義》（*Romantisme*）兩本文學學術刊物極佳的評論，或許我能升級到教授也是拜此所賜。事實上，於斯曼作品裡大部分奇特的字詞並非是新創詞，而是借用於某些工匠團體使用的、或是某些地區方言裡的罕見字詞。我的論文就是要證實於斯曼自始至終都是個自然主義者，想在作品中忠實呈現各類小人物的用語，某方面來說，他或許也是自始至終維持年輕時參加左拉的梅塘夜譚[7]的社會主義分子，儘管他對左派的鄙視愈來愈強烈，卻抹不去原本對資本主義、金錢、所有類似布爾喬亞價值觀的厭惡反感；總歸一句，他是一個獨一無二的基督教—自然主義者，至於布洛瓦呢，向來只汲汲營營於市場暢銷或交際應酬，不斷用那些新詞僅僅是為了引人注意，讓自己縈繞著精神

7　譯注：左拉的梅塘夜譚（soirées de Médan chez Zola）：梅塘位於巴黎郊外，是左拉的別墅，有六名當代小說家每週都在此歡聚一堂，暢談文學與時事，於斯曼是其中一個。一八八〇年左拉邀請諸作家各寫一篇以普法戰爭為背景的故事，集結成《梅塘夜譚》。

光環，高高在上令世人仰望，他在當時代文壇中擺弄一副神祕的菁英分子姿態，之後卻又不停驚訝於自己的挫敗、世人對他的詛咒漠不關心。於斯曼寫道：「他是一個不幸的人，帶著惡魔般的傲氣，以及無法丈量的怨恨」。的確，我從一開始就覺得布洛瓦是個典型的「不良天主教徒」，對宗教的虔誠與熱情只有在他認為對方是該下地獄的人的時候才會湧冒出來。我在寫論文的期間，曾經和不同的左派天主教保皇黨圈子來往過，他們神化布洛瓦和貝爾納諾斯[8]，嘴裡說保有他們哪篇又哪篇手稿，我後來才發現他們什麼都沒有，什麼東西都拿不出來，有的都是我自己在開放給大眾的大學圖書館就輕易可以找到的歷史資料。

「你一定找得到線索的……再重讀一次德魯蒙[9]吧。」我跟史蒂夫說，算是給他點面子，他帶著投機的孩子般順從天真的眼神看著我。在我教室門口——那天準備的課程是講約翰·洛朗[10]——三個二十來歲的男子，兩個阿拉伯人、一個黑人，擋在那裡，他們沒帶武器，模樣還算平和，態度也不具任何威脅性，但學生們必須穿過他們才能進教室，我不得不出面干涉。我和他們面對面：他們勢必受令避免挑釁、尊重教職人員，至少我是這麼希望。

「我是這所大學的老師，現在我要上課了。」我以堅定的口吻對他們說。其中那個黑人帶著大大的微笑回答：「沒問題，先生，我們只是過來探望一下姊妹們……」他溫和地隨手指一指教室。事實上，他所說的姊妹們，整個大梯形教室裡只有兩個北非女學生，兩個肩並肩坐在教室左上方，全身罩著黑色布卡，眼睛前方開著網狀窗洞，包得嚴嚴實實，看起來沒有一點破綻。「那現在可以了吧，你們看到她們了……」我息事寧人地結束話題，堅持地說：「你們現在可以離開了。」「沒問題，先生。」他笑容咧得更大地回答，然後轉過身離開，後面跟著從頭到尾都沒說話的另外兩個人。走了三步之後，他轉過身對著我，微微點頭說：「願您平安，先生……」「平安無事……」我邊關上教室門邊心想，「這一次平安無事。」我也不知道到底會怎麼樣，聽說在米盧斯、史特拉斯堡、艾克斯馬賽、聖德尼大學都發生教師被攻擊的傳言，但是我從沒遇過同事被攻擊，心底其實不太相信那些謠言。何況，根據史蒂夫所說：「薩拉菲派青年分支」已和眾多大學達成協議，證據就是以前在我們大學附近盤桓的混混和毒梟，這兩年全消失無蹤。這個協議是否也包括排除所有猶太組織禁止進入大學裡呢？那也只是傳言，難以

8　譯注：貝爾納諾斯（Georges Bernanos, 1888-1948）：法國小說家、批評家，積極的保皇派天主教徒。
9　譯注：德魯蒙（Édouard Drumont, 1844-1917）：法國記者、作家、政治人物、國家主義者。積極參與反猶太活動，創立了「法國反猶太聯盟」。
10　譯注：約翰・洛朗（Jean Lorrain, 1855-1906）：法國頹廢派作家，著作大膽聳動引起醜聞。

求證，但是今年開學以來，「法國猶太大學生聯盟」已不再出現在大巴黎地區任何一所大學裡卻是個事實，同時間，「穆斯林兄弟會」的青年小組卻在各地出現更多分支。

❖

下了課走出教室（那兩個罩著布卡的處女怎麼會對約翰・洛朗這個噁心的雞姦者、自稱愛雞姦者的傢伙感興趣呢？她們的父親可知道頂著文學這個大帽子的學校課程到底在教什麼嗎？），碰到瑪莉—弗朗索絲，她提議一起吃中飯。今天真是我的社交日。

我還滿喜歡這個大家避之唯恐不及的有趣老女人，她對流言蜚語簡直是求知若渴；而她多年的教授資歷、以及在某些諮詢委員會裡的地位，更加重了這些閒話流言的分量和純度，比那了無輕重的史蒂夫聽來的謠言具有更大可信度。她選了一家位在蒙日街上的摩洛哥餐廳——今天，也是我清真認證飲食的一天。

服務生上菜時，她開始進入正題：德露絲媽媽地位難保了。「全國大學委員會」六月初要開會，很可能會任命羅伯・何帝傑取代她的位置。

我瞥了一眼我點的羊肉朝鮮薊塔金鍋，然後挑高眉毛，試著做出驚訝的樣子。「是啊，我知道，」她說：「聽起來很聳動，但這可不是謠傳喔，我的消息很準確。」

我藉口上廁所，以便偷偷查一下手機，現在網路上真的什麼都查得到，不到兩分鐘，我已經查到羅伯．何帝傑以支持巴勒斯坦的態度聞名，也是杯葛以色列大學的重要人士；我仔細洗好手才回桌上。

我點的燉肉冷了，很可惜。「他們為何不等到委員會年度選舉時呢？」我吃了一口之後問，我覺得這個提問還不錯。

「年度選舉？幹嘛等到年度選舉？難道這會改變什麼嗎？」顯然我的提問並沒那麼好。

「我不知道，畢竟再三個星期就總統大選了……」

「你也知道沒什麼好選了，這會和二〇一七年一樣，極右派『民族陣線』會進到第二輪，左派會再度被選上，我實在看不出來『全國大學委員會』幹嘛自找麻煩等到大選。」

「『穆斯林兄弟會』的支持率還不能預測，如果他們超過象徵性的百分之二十門檻，就可能影響角力情形……」這完全是狗屁，「穆斯林兄弟會」的選民百分之九十九第一輪都會投社會黨，無論如何都不會影響大選結果，但是說到「角力」這個詞顯得有分量，就像熟讀了克勞塞維茨[11]和《孫子兵法》，而且我也挺滿意「象徵性門檻」這個字眼，總之，瑪莉—弗朗索絲點點頭，好像我表達了一個想法似的，然後良久衡量著倘若「穆斯林兄弟會」納入政府內閣，會對大學決策人員的組成產生什麼影響，她飛快地思索著，我已不再專心聽，注視她尖刻的老臉上浮轉著一個又一個可能發生的情況，我對自己說，人生還是應該對某些事感興趣，我自問如果感情生活真的告終，我會對什麼感興趣呢？或許可以去上品酒課，或是蒐集模型飛機。

論文指導課這個下午真讓人疲憊，普遍來說，博士生們讓人疲憊，他們開始覺得指導課有用，對我來說則完全沒有，只除了拿來選擇晚餐將要放微波爐加熱的印度餐（香料雞飯？瑪沙拉雞？咖哩雞？），邊吃邊看第二電視台的政治辯論。

今晚邀請的是極右派「民族陣線」女總統候選人，她重申對法國的熱愛（「但哪一個法國？」一個屬於中間偏左的評論者問了這沒營養的問題），我自問我的感情生活是否真的告終了，其實也不那麼確然，大半個晚上我都在想要不要打電話給梅莉安，我感覺她還沒找到人取代我，好幾次在學校走廊巧遇，她對我投來可稱之為熱切的眼神，不過老實說她的眼神一向熱切，就算在挑選潤髮乳品牌的時候也是這樣，我最好不要太自作多情，或許我應該對政治多一點熱忱比較好，各種不同派別的擁護者在這大選期間度過熱切的時刻，而我卻孱弱蒼白，這是無可爭議的。

「對人生滿意、喜歡玩樂、開心的人，是幸福的人。」這是莫泊桑在《吉爾柏拉文刊》（*Gil Blas*）中評論於斯曼所著的《逆流》一文的開場白。文學史對自然主義作家評論嚴厲，於斯曼也因擺脫自然主義而被稱揚，莫泊桑的這篇文章比同時間布洛瓦刊在《黑貓文刊》（*Le chat noir*）上的文章深沉、敏銳得多了。甚至重讀左拉對這本書的駁斥，都比布洛瓦寫的來得有道理：的確，《逆流》的主人翁德塞森特的心理層面從第一頁到最後一頁都完全不變，這本書裡什麼都沒發生，也什麼都無法發生，就某個意義來說，整本書完全沒有情節；沒錯，於斯曼無論如何都不能把《逆流》繼續寫下去，這本傑作是條死胡同；然而，所有的傑作不都是如此嗎？完成了這本書，於斯曼不能再繼續是自然主義作家，這是左拉特別指出的，而更具藝術家氣息的莫泊桑，則先指出這是一本傑作。我把這些想法寫成一篇短文，要刊登在《十九世紀研究文刊》（*Journal des dix-neuviémistes*）上，這讓我排遣了幾天時間，比大選競選活動有意思多

11　譯注：克勞塞維茨（Clausewitz, 1780-1831）：普魯士將軍，軍事理論家。

了，但還是壓根無法阻止我對梅莉安想了又想。

在已遠颺的青少年時期，她應該是個不羈、作怪的女孩，之後才蛻變成一個頗有格調的年輕女子，黑色頭髮剪得四方整齊，膚色非常白皙，眼神暗鬱；有格調但隱約帶著性感；尤其，她暗藏的情色段數比外表能看出的高超多了。男性所謂的愛，別無其他，僅是對對方給予的性歡娛的感激，沒有任何一個女人比梅莉安給我的性歡娛還多。她能隨心所欲夾緊陰道（有時輕緩，帶著令人難以抵擋的不規律壓力，有時則是快速淘氣的小收縮）；她極盡優雅地扭著小屁股，把它獻給我。至於她的口交，我從沒見識過更高段的，每舔一口都像是此生第一口，也是此生最後一口。她的每一次口交都足以證實一個男人存在的意義。

又掙扎了幾天，我終於打了電話。我們約定當晚見面。

❖

對前女友呢，按照習慣大家會繼續以平語說話，但親吻改成禮貌性地親雙頰。梅莉安穿著一件黑色短裙、黑色絲襪，我邀她到我家來，我不太想去餐廳，她好奇地看看客廳，然後深深坐在沙發裡，她的裙子真短，還化了妝，我問她要喝什麼，她說如果我有波本威士忌就來一杯。

「你家似乎換了什麼東西……」她喝了一口之後說：「但是我看不出來是什麼。」

「窗簾。」我裝了橘色、赭色的雙層窗簾，有點民族風的圖案。還買了相襯的一塊布，罩在沙發上。

她轉過身，跪在沙發上仔細看著窗簾。「很好看。」她看了一會兒說：「非常好看。你一向有品味。我是說以一個大男人主義者來說。」她修正說，又重新坐回沙發，面對著我。

「我說你是個大男人主義者，你不會在意吧？」

「我不知道，或許沒錯，我可能有點像一個大男人主義者；事實上，我真的不確定女人有投票權、和男人一樣求學、可以從事和男人一樣的職業等等，是否是個好主意。我們會習慣這些，但是說到底，這是件好事嗎？」

她驚訝地瞇起眼睛，幾秒鐘的時間裡，我感覺她真的在思考這個問題，一時之間我也開始想這個問題，過了一會兒發現我並沒有答案，就像我對任何問題都沒有答案一樣。

「你贊成回復到父權制度，是這樣嗎？」

「我沒有**贊成**任何事物，妳是知道的，但是父權制度至少有存在價值，我的意思是說，它是一種值得存在的社會制度，有些家庭有許多子嗣，複製著差不多的軌跡，總之，可以代代相傳下去；現在少子化，所以行不通了。」

「對，理論上來說你是個大男人主義者，無庸置疑。但是你文學品味超凡：馬拉美、於斯曼，當然讓你超越低層的大男人主義。看看你家具選的布料，甚至還帶一點女性化品味，這很不尋常。但相反的，你穿著就像個鄉下粗人。一個低俗的大男人主義，還可以有一點可信度，但是你不喜歡 **ZZ Top**，向來比較欣賞尼克・德瑞克[12]。總而言之，你是個充滿衝突的人。」

我又幫自己倒了一杯波本，才回答她。攻擊經常隱藏著誘惑的慾望，這是我在精神分析家鮑赫斯・西呂尼克[13]的書裡讀到的，而鮑赫斯・西呂尼克可是個重量級人物，絕不須懷疑，在心理分析層面他是大師，有點像人類學界的羅倫茲[14]。更何況，她的雙腿稍稍打開，等待我的回答，這是身體語言，確確實實。

「這其中毫無衝突可言，只不過妳使用的是婦女雜誌上的心理分析，純粹根據消費者的圖譜：端賴你是心繫生態環境的白領、愛炫的小資分子、同志友善的夜店女王、網路作怪宅男，或電音禪修者，反正婦女雜誌每星期都會發明出新的消費群組。而我只是不能立刻被劃進某個他們分類的消費群組，只是這樣。」

「我們或許可以……在重逢的晚上，我們或許可以試著說點不那麼尖銳的話，你不覺得嗎？」她的聲音裡有點裂痕，讓我覺得困窘。「妳餓嗎？」我為了化解尷尬這麼問，不，她不餓，但飯總是要吃的。「要吃壽司嗎？」她當然接受了，只要是壽司幾乎人人都接受，從最挑剔的老饕到最擔心身材的女人，這種白飯上塌著生魚片的毫無個性物體，似乎總能獲得一致同意，我有一家外送壽司的廣告單，光念菜單就讓人不耐，綠芥末、紫菜捲、鮭魚捲，我完全搞不懂，也絲毫不想搞懂，就選了B3綜合餐，然後打電話訂餐，其實或許去餐廳還好一點。放下電話後，我放上尼克・德瑞克的音樂。接著是一陣長時間的靜默，我很蠢地打破沉寂，問她學業如何。她帶著譴責的眼光看看我，回答說還可以，她計畫攻讀編輯專業碩士。我鬆口氣，把對話轉向廣泛性話題，並且肯定了她的職業生涯計畫：法國經濟持續整體衰退，但編輯出版

---

12 譯注：尼克・德瑞克（Nick Drake, 1948-1974）：英國歌手。以純淨的歌詞樂曲與輕柔憂愁的吉他見長。

13 譯注：鮑赫斯・西呂尼克（Boris Cyrulnik, 1937-）：法國心理學家、神經科學家。

14 譯注：羅倫茲（Konrad Lorenz, 1903-1989）：著名的奧地利動物學家，研究動物的行為模式，以此了解人類的行為和自然學習能力。

這行卻欣欣向榮，獲利穩定成長，這實在令人驚訝，就好像人在絕望中，能做的就是看書了。

「你看起來也不太好，但老實說這是你一貫給我的印象……」她不帶敵意地說，甚至帶點悲傷。我能怎麼回答呢，她說的我難以否認。

「我看起來這麼沮喪？」又一陣沉默後，我問。

「不，不是沮喪，就某方面講還更糟，你總是讓人感受到一種不尋常的誠實，無法接受讓一般人到頭來終究能活下去的妥協。舉例來說好了，就算你對父權制度的想法是對的，就算它是唯一一個讓人可以存活的制度。但是，別忘了我受過教育，也視自己為獨立的個體，具有和男人一樣思考、下決定的能力，那現在該拿我怎麼辦呢？把我丟到垃圾桶嗎？」

答案可能是「對」，但我閉上嘴，說到底我可能也沒那麼誠實。壽司還沒送來，我又倒了一杯波本，這是第三杯了。尼克．德瑞克還繼續吟唱著清純的年輕女子、如假包換的公主。我還是沒有任何慾望和她生個孩子、分攤家務、買一個袋鼠寶寶嬰兒背帶。我甚至沒慾望做愛，怎麼說呢，我有一點想做愛，同時也有一點想死，老實說我自己也弄不清。我開始湧上一股噁心想吐的感覺，他媽的快送壽司到底在搞什麼鬼？我應該叫她幫我吸一下，就在此時，說不定還有機會拯救我們的情侶關係，但我任由尷尬蔓延，一秒一秒更甚。

「呃，我想我還是走了吧……」她在三分鐘靜默之後說。尼克．德瑞克剛唱完靡靡之音，下面接的是超脫合唱團的噯氣，我關掉音響然後回答：「隨妳便……」

「我很難過，真的很難過你這個樣子，弗朗索。」她已套上大衣，在門口對我說：「我很希望能做點什麼，但不知道能做什麼，你不給我任何一點機會。」我們又互親臉頰道別，我本還以為我們絕對無法做到這個。

她走後沒幾分鐘，壽司送來了。分量還真多。

第二部

❖

梅莉安走了以後，我獨處了超過一個星期；這是我當上教授以來，頭一次覺得自己甚至沒辦法勝任星期三的課。我一生的學識巔峰就是寫出博士論文、以及將它出版成書；這已經是超過十年以前的事了。學識巔峰？或是一切的巔峰？反正，在那個時代，我覺得自己的生存被**證實**。之後，我只替《十九世紀研究文刊》寫寫短文，或是偶爾發生的時事和我的研究領域有關時，替《文學雜誌》（*Magazine littéraire*）寫篇稿，這也很少發生。我的稿子清楚、尖銳、有文采，通常受到雜誌社的喜愛，何況我都準時交稿。但這就足以證實一個生命嗎？生命又何以需要證實呢？所有動物、絕大多數的人類從不需要證實就能好好活著。他們活著，就因為他們活著，只是這樣，他們是這樣推論的；然後呢，我推測他們死了就因為他們死了，在他們眼裡，分析到此結束。身為研究於斯曼的專家，我覺得自己還是必須做得比這樣稍微好一點。

每當博士生決定了論文研究某個作家，接著問我該遵循什麼順序研究該作家的作品，我每次都回答「依作品的時間順序」。並非作家生平有真正的重要性，而是作品寫作的順序畫下了一種學識生平的軌跡，擁有它自己的邏輯。就於斯曼的例子來說，這問題當然尤其尖銳地關於

《逆流》。寫成了這樣一本奇特新穎，在全世界文學中前所未見的書之後，如何能夠繼續創作下去呢？

腦中出現的第一個答案絕對是：當然極端困難。我們看到在於斯曼這個例子裡，結果也是如此。繼《逆流》之後寫成的《擱淺》（*En rade*），是本令人失望的小說，也不可能不是，如果負面的印象、停滯的感覺、緩緩退步的難堪並未完全磨滅閱讀的愉快，那是因為作者絕妙的巧思：在這本注定令人失望的小說裡，敘述一個失望的故事。因此，書的主題和故事進展超越文學美感，我們讀起來雖然有點無趣，但還讀得下去，我們也察覺不只是書裡面的人物**擱淺**在鄉下無趣的生活裡，就連於斯曼本人也是。若非書中穿插的夢幻般的短文，讓這本書完全失敗，無法歸類，我們差一點覺得他想回歸自然主義了（描述鄉村之骯髒，農人們比巴黎人還更卑鄙貪婪的自然主義手法）。

再下一本書開始，從死胡同中拯救了於斯曼的，是一個簡單而可靠的辦法：以一個中心主角人物作為作者的喉舌，延續貫穿數本書，讓讀者追隨他的改變。以上這些，我都在論文中清楚陳述過了；我的困難是接下來才開始的，因為從《那邊》（*Là-bas*）一書開頭就宣稱與自然主義告別的主人翁杜塔爾（也就是於斯曼），歷經接下來的《路上》、《大教堂》（*La cathédrale*），直到《居士》（*L'oblat*），最主要的心路歷程就是皈依了天主教。

對一個沒有信仰的人來說，討論一連串以皈依宗教為主題的著作，其實是滿困難的；就好像一個從未墜入情網的人，對這種感覺全然陌生，因而對一本描述熱情愛戀的書很難產生共鳴。面對杜塔爾精神生活的考驗，一個無神論者缺乏真正的感情投射，漸漸對於斯曼最後三本小說中主人翁介於退隱和神恩滿溢之間的歷程，不幸地只感覺到厭煩。

就在我想著這些的時候（我剛醒，喝著咖啡，等著天亮），一股令人極端不舒服的感覺襲來：如同《逆流》是於斯曼的文學生涯頂峰，梅莉安無庸置疑就是我感情生涯的頂峰。我如何克服失去愛人的痛苦呢？這個問題的答案，很可能就是我無法克服。

等待死亡的期間，我還有《十九世紀研究文刊》，距離文刊下次開會已不到一個星期了。又還有大選競選活動。很多人對政治、戰爭感興趣，但我並不怎麼喜歡這種消遣，我覺得自己對政治的敏感度和一張衛生紙不相上下，這當然是很可惜的一件事。在我年輕時，選舉也一樣引不起我的興致；政治「端得出來的」如此貧乏，倒是滿令人驚訝的事。一個中間偏左的候選人當選了，視其個人領導能力當個一任或兩任總統，因為不明原因禁止續第三任；然後民眾厭煩了這位總統，更廣泛地說是厭煩了中間偏左黨派，就產生了**民主輪替**的現象，選出了中間偏右的候選人，又視他的領導魅力當個一任或兩任。相當奇怪的是，西方國家極為自豪這種選舉制度，明明它只是兩個敵對的黨派瓜分政權而已，甚至有時候還因為其他國家對這個制度不感興趣，就要發動戰爭強迫他國執行這種制度。

自從極右派聲勢逐漸擴大，政治辯論混入了已被人遺忘的法西斯恐怖，情況變得稍微有趣一點；但是，從二〇一七年第二輪總統選舉，局面才開始真正有所改變。國際媒體目瞪口呆地目睹在一個思想愈來愈右的國家裡，一位左派總統續任這場可恥但無論如何都不可抗拒的好戲。大選結果出爐後的幾個星期當中，整個國家瀰漫著一股詭異、沉重的氣氛。就像一股深沉的絕望，但不時冒出反抗的微光。很多人打算離開法國遠走他方。第二輪選舉結果揭曉後過了一個月，穆罕默德．賓阿貝宣布成立「穆斯林兄弟會」。伊斯蘭教先前的第一次政治企圖——「法國穆斯林黨」——很快就瓦解，肇因於黨主席過度明顯的反猶太姿態，連帶使得該黨甚至和極右派產生勾結。「穆斯林兄弟會」記取這個教訓，姿態保持溫和，有節制地聲援巴勒斯坦，和猶太宗教機構維持友好關係。因循阿拉伯國家穆斯林各政黨的做法——這模式以前在法國也被共產黨使用過——以青年會嚴密的網絡、文化機構、慈善組織取代真正的政治活動。在一個貧窮大眾無可避免一年比一年繼續增加、廣泛的國家，這種網絡策略得到效果，使「穆斯林兄弟會」擴展的會員遠超過信徒的範圍，該黨勢力如平地一聲雷：最新幾次民調顯示，成立才五年的「穆斯林兄弟會」獲得百分之二十一的選民支持，緊追「社會黨」的百分之二十三。傳統右派支持率不超過百分之十四，「民族陣線」則是以百分之三十二遙遙領先，成為法國最大黨。

近幾年來，大衛・普加達斯（David Pujadas）成了偶像，不只打進了明星政治記者「極小的菁英圈」（科塔〔Cotta〕、艾卡巴克〔Elkabbach〕、杜哈梅爾〔Duhamel〕和少數其他幾位），在媒體歷史裡被視為有資格擔任主持總統大選兩輪之間競選人電視辯論的記者，他還超越了那些前輩，以他有禮的堅定、平靜態度、無視謾罵的訓練、在雙方交鋒變調時拉回韁繩，讓交鋒至少保持民主格調的表象。「民族陣線」的女候選人和「穆斯林兄弟會」的候選人都指定他主持兩造電視辯論會，這場辯論當然比第一輪投票之前的辯論更加關鍵，因為「穆斯林兄弟會」自從參選後民調不斷上升，倘若勝過「社會黨」的話，第二輪就是前所未見的對決，而且後果無人能知。儘管左派報章雜誌不斷以愈來愈近似威脅恐嚇的語氣呼籲，支持左派的選民對投票給穆斯林候選人還是多有躊躇；至於人數愈來愈多的右派選民，儘管右派大老堅定呼籲，他們還是躍躍欲試，突破圍籬，在第二輪把票投給「民族陣線」。「民族陣線」女候選人面臨一場大賭局——無庸置疑，是她此生中最大的一場賭局。

「民族陣線」女候選人和「穆斯林兄弟會」候選人的電視辯論是星期三舉行，這對我一點都不方便：前一天我買好一堆可微波的印度餐，和三瓶很普通的紅酒。一個大型高氣壓冷氣團盤桓在匈牙利和波蘭，阻礙了英倫群島的低氣壓往南，整個歐陸持續不尋常的乾冷氣候。星期三一整天那些博士生的狗屁問題煩死我了，例如為何那些三流詩人（莫雷〔Moréas〕、科比埃爾〔Corbière〕之類的）被視為二流，是什麼讓他們無法被視為一流詩人——波特萊爾、馬拉美，跳過中間其他人直接到布勒東——呢？他們的問題絕非空穴來風，那兩個乾瘦、討人厭的博士生，一個想做柯婁（Cros）的論文，另一個想研究科比埃爾，但又怕選錯主題白忙一場，我很清楚，他們㤞量我身為大學代表人的回答。我四兩撥千斤，建議他們折衷，大可以研究拉佛格[15]。

15 譯注：拉佛格（Jules Laforgue, 1860-1887）：法國詩人及散文作家，文風充滿荒謬性的諷刺。

電視辯論開始的時候，我實在烏煙瘴氣，其實是微波爐搞得我烏煙瘴氣，它突然自動冒出一個新作用（飛快旋轉，發出近乎亞音速的聲音，食物卻沒加熱），我只好把印度餐調理包裝拆掉，放到平底鍋裡加熱，錯失了一大半的辯論。不過就我看到的部分，情況簡直太過中規中矩，兩位角逐最高權力的候選人先彼此互相標榜一陣，之後各自表達對法國無以言盡的愛，裝作他們幾乎對每個議題都同意彼此論點。然而，值此同時，在巴黎郊區的蒙費梅伊鎮，極右派支持者和一群未標示任何政治取向的非洲年輕人發生大規模衝突——一個星期以來，蒙費梅伊鎮的一所清真寺遭到褻瀆之後，已經發生多次零星衝突。一個「認同陣營」網站次日證實衝突極為嚴重，造成三人死亡——但內政部立刻否認這個消息。如同以往每次有這種事發生，「民族陣線」和「穆斯林兄弟會」便各自發布新聞稿嚴厲譴責這種犯罪暴行。兩年前當最初幾次攜械衝突時，媒體曾做過幾個聳動的特別報導，現在大家愈來愈少談論，好像感覺稀鬆平常似的。好幾年來，而且無疑甚至是好幾十年以來，《世界報》以及其他中間偏左的報紙——事實上意思就是所有的法國報紙——不時都會宣稱某些「卡珊德拉」（Cassandre）預言將會發生一場回教移民和西歐原生人口的內戰。我一位教希臘文學的同事跟我解釋，這借用希臘神話中卡珊德拉的用法其實很怪。在希臘神話中，卡珊德拉是個非常美麗的女子，荷馬史詩描述她「猶如金雕的愛與美之神阿芙蘿黛蒂」。阿波羅愛上她，賜予她預言的能力，想換來一夜春宵。卡珊德拉接受預言能力，卻拒絕求歡，阿波羅一怒之下，在她口中吐口水，使她的預言不被任何人接受、相信。她做了一連串預言：海倫將被帕里斯擄走、特洛伊戰爭將爆發，甚至警告特洛伊同胞們希臘人攻占特洛伊城的詭計（著名的「木馬屠城」）。她最後被麗泰梅斯特拉暗殺——她不但預言了自己這場謀殺，也同時預言了阿伽門農將遭謀殺的消息，但未被取信。總而言之，卡珊德拉這號人物代表的是一次又一次實現的悲觀預言，照此看來，中間偏左的那些記者只是在重蹈盲目特洛伊人的覆轍。這種盲目在歷史上屢見不鮮：一九三〇年間的知識分子、政客、記者們不也都同樣盲目，一致相信希特勒「終究會重拾理性」？也許對向來在某個社會系統中生活、發達的人來說，不可能想像那些從未希冀這個系統會帶來什麼前景，即使系統幻滅了也覺得不痛不癢的人的觀點。

但老實說，數月以來，那些中間偏左的媒體態度改變了：城郊的暴動、種族間的衝突，它們再也絕口不談，問題被隱埋在沉默之下，大家甚至不再揭露「卡珊德拉」們預言了什麼，那些人也就漸漸閉上了嘴。一般人似乎厭煩聽到這個話題；在我的交際圈裡，這厭煩比其他圈子還更早出現；大家普遍的心態就是「該來的就會來」。電視辯論次日，我前往《十九世紀研究文刊》一年三度的雞尾酒晚會時，便已知道昨天蒙費梅伊鎮發生的暴力衝突不會引起什麼討論，第一輪大選前的最後一場辯論也不會，絕對比大學裡職位升遷的討論來得少。晚會租了位於夏普塔爾街上的「浪漫生活博物館」作為舉行地點。

❖

我向來很喜歡這個聖喬治廣場，四邊是「美好年代」風格的廊柱，我在卡瓦尼[16]半身塑像前停下一會兒，然後走上洛雷特聖母院街，接著是夏普塔爾街。夏普塔爾街十六號有一座花園，鋪著石板的小徑通到博物館。

氣候溫和，兩扇大門朝著花園敞開著，我端著一杯香檳走到椴樹間，很快就看到亞麗絲，她是里昂三大的講師，專門研究奈瓦爾[17]，她身上的鮮豔印花輕盈小洋裝想必就是人們所稱的雞尾酒小禮服，老實說我分辨不太出雞尾酒小禮服和晚禮服，不過我相信亞麗絲無論出現在什麼場合都會裝扮合適，更廣泛說，她的舉止也都十分切合，和她在一起就是很舒服，所以儘管她正在和一個傢伙說話，我也毫不遲疑地上前和她打招呼，對方是個臉型瘦削、皮膚很白的年輕傢伙，穿著藍色西裝外套，裡面是印著巴黎聖日耳曼足球隊的T恤，腳上一雙鮮紅色運動鞋，整體搭配在一起，竟挺怪異地顯得高雅，他向我自我介紹，名叫高德華．朗博何。

「我是您新進的同事……」他轉過身對著我說，我看到他喝一杯不加水的純威士忌，「我剛被任命到巴黎第三大學。」

「我聽說了，您專門研究布洛瓦，不是嗎？」

「弗朗索向來厭惡布洛瓦。」亞麗絲舉重若輕地插進話，「你們倆自然不是同一掛的。」

朗博何對我投來一個讓人訝異的熱情微笑，很快接著說：「我認識您，當然……我極為尊崇您對於斯曼的研究。」他靜默了一下，準備著措辭，灼熱的眼神一直盯著我，他的眼神如此深邃，我想他一定化了妝，至少塗了睫毛膏強調眼睛，我感覺這一刻他要對我說什麼重要的話。亞麗絲以帶著感情和稍微嘲弄的眼神看著我們，那種女性面對兩個男性對話、永遠搖擺於雞姦和決鬥之間的弔詭狀態時的一貫眼神。一陣稍強的風吹動我們頭上椴樹的葉子。此時我聽

16 譯注：卡瓦尼（Paul Gavarni, 1804-1866）：法國版畫家。

17 譯注：奈瓦爾（Gérard de Nerval, 1808-1855）：法國詩人、散文家，浪漫主義文學代表人物。

到很遠很模糊的一聲像爆炸的聲音。

「很奇怪，」朗博何終於繼續說：「我們對生命中花了那麼多時間研究的作者感覺如此貼近。大家以為對一、兩百年前的作者熱情應該已消退，以一個學術研究者來說，一定可以抱持某種文學客觀性之類的。其實大大不然。於斯曼、左拉、巴貝[18]、布洛瓦，他們當年都彼此認識，曾有過友誼或互憎的關係、曾彼此結黨結社、失和，他們交往的經過就是法國文學史；而我們呢，一個多世紀之後，依舊忠實擁護著自己心目中的冠軍，願意為了他互相友愛或是失和，以文章彼此筆戰。」

「您說的有理，但這樣很好，至少證明文學是一樁嚴肅的事。」

「從來都沒有人和可憐的奈瓦爾失和過……」亞麗絲插嘴說，但我想朗博何連聽都沒聽到，繼續以熱切的眼神盯著我，似乎沉浸在自己的話裡。

「您向來是個嚴肅的人，」他繼續說：「我讀了您在《十九世紀研究文刊》上發表的所有文章。但我的情況並不一樣，在二十歲時，我被布洛瓦深深吸引，因他的不妥協、他的狂暴、他精湛犀利的蔑視與謾罵；但其中也有很大部分是潮流的影響。布洛瓦是對抗平庸的二十世紀絕對的武器，對抗二十世紀訴求的破玩意、騙人的人道主義；對抗沙特、對抗卡繆、對抗所有那些對當代問題聲援表態的跳梁小丑；也對抗那些噁心的形式主義、『新小說』，所有那些無足輕重的荒謬無稽。我現在二十五歲了：還是不喜歡沙特和卡繆，也不喜歡任何『新小說』的東西；但是布洛瓦的精湛犀利讓我覺得不舒服，而我也必須承認他喜歡的精神、神聖層面已完全引不起我的興趣。現在我還比較喜歡重新看莫泊桑或福婁拜——甚至左拉的某些篇章。當然，還有耐人尋味的於斯曼……」

我心想，他有一股右派知識分子的魅力調調，這讓他在大學裡顯得有些獨特。人經常可以一講講個不停，因為他們沉浸在自己的話裡，當然還是要至少不時回應一下，助人談興。我不抱什麼期望地看一眼亞麗絲，我知道她完全不感興趣我們說的這段時期，她研究的是早期浪漫派。我差一點衝口問朗博何：「您是天主教徒？還是法西斯分子？還是兩者混合？」幸好我忍住了，我和那些右派知識分子早已失聯，也完全不知該如何和他們相處。我們突然聽到遠處傳出像連串鞭炮的響聲。「你們認為那是什麼聲音？」亞麗絲問，遲疑地加上一句：「好像是

18 譯注：巴貝（Jules Barbey d'Aurevilly, 1808-1889）：法國小說家、文評家。作品多帶神祕與頹廢色彩，於斯曼與布洛瓦被視為他的「傳人」。

槍聲……」我們立刻靜默下來，我發現花園裡所有的談話都戛然停止，又一陣風吹動樹葉窸窣，碎石小徑上輕微的腳步聲，好幾位與會客人走出雞尾酒廳，走到樹木之間，等待著。兩位蒙彼利埃大學的老師走過我身旁，他們打開智慧型手機，怪異地把螢幕向上平舉著，像拿著探測水源的尋水木棒似的。「什麼都沒有……」其中一位擔憂地說：「新聞一直在談G20」。我心想，若他們以為新聞會即時報導，那真是在做白日夢，昨天沒報導蒙費梅伊鎮的暴動，今天的事件也勢必不會報導，媒體整個封鎖。

「這是第一次在巴黎市中心爆發，」朗博何以平淡的語氣說。就在此時，我們又聽見一連串槍聲，這次很清晰，好像就在附近，緊接著又一記比槍聲大很多的爆炸聲。所有的賓客都朝著聲音的方向看，一股濃煙冒出建築物上方的天空；應該是克里希廣場那裡。

「好啦，我想我們的小聚會恐怕得提早結束……」亞麗絲輕率地說。的確，許多賓客試著打電話，也有幾位開始朝著大門口移步，但是緩慢地走走停停，像是要顯示他們還能掌控自己，一點都沒有因驚嚇而慌了手腳。

「我們可以到我家繼續聊，如果你們願意的話，」朗博何建議：「我住在梅希耶主教街，就在附近。」

「我明天在里昂有課，早上六點要搭高鐵。」亞麗絲說：「我想我還是回家吧。」

「妳確定？」

「確定，很奇怪，我一點都不害怕。」

我看著她，心想是否該堅持，但是很奇怪，我自己也一點都不害怕，不曉得為什麼，我認定暴動衝突不會越過克里希大道。

亞麗絲的Twingo停在布蘭奇街口。「我不確定妳這樣是不是太大意了，」我和她親臉頰道別之際說：「到了家還是打個電話給我。」她點點頭然後發動車子。「她真是個非比尋常的女人……」朗博何說。我點點頭同意，一邊想其實我對亞麗絲所知甚少。以各自的階級和職等升遷，同事之間能談的大概只剩下對某某人的私生活議論；就這一點來說，我從沒聽過關於亞麗絲的任何消息。她聰明、高雅、美麗——她該是幾歲呢？大概跟我年紀差不多吧，四十到四十五之間——而且很顯然她單身。以這個年紀，放棄一切還有點太早，不過我忽然想起，前一天我自己不也正準備埋藏一切嗎？「非比尋常！」我一邊重複這個字眼，一邊試著刪除腦中所想。

槍戰已停止。我們走上此時空無一人的巴律街，我對朗博何說，我們回到我們各自喜歡的作者完全相同的時代裡，我叫朗博何仔細看，放眼看到的建築都是第二帝國或第三共和初期建的，保存非常好。「沒錯，甚至『馬拉美的星期二』[19]也在這附近的羅馬街上……」他回答說。「那您呢？您住哪兒？」

「舒瓦奇大道，一九七〇年興建的區塊，當然，那是文學上沒那麼輝煌的年代。」

「是『中國城』那一區？」

「正是。我住在中國城裡。」

「這可能是個聰明的選擇。」他深思了很長一陣子之後，若有所思地說。這時我們走到克里希大道路口。我驚訝地停下腳步。北邊百公尺外的克里希廣場整個一片火海，看得出有轎車和公車燒毀的殘骸；巨大漆黑的馬塞訥元帥（Moncey）塑像昂然佇立在火舌當中。放眼望去一個人都沒有，場景籠罩著一片寂靜，只任此起彼落的警笛聲打破。

「您知道馬塞訥元帥的豐功偉業嗎？」

「絲毫不知。」

「他是拿破崙手下一員，因一八一四年在俄軍入侵時死守克里希防線而成名。要是巴黎市內種族衝突擴大的話，」他以同樣的語氣繼續說：「中國族群不會被扯進來。中國城與許成為巴黎少數幾個安全的區域。」

「您覺得可能嗎？」

他聳聳肩沒回答。此時我驚訝地看見兩名維安警察，斜揹著衝鋒槍，身穿防彈衣，悠哉地走下克里希大道，往聖拉薩火車站方向走去。他們熱烈地聊著天，連看都沒看我們一眼。

「他們……」我目瞪口呆，連話都說不出來，「他們完全像沒事人似的。」

「是啊……」朗博何停下來，深思地摩挲著下巴。「您看，現在還很難定論什麼是可能、什麼是不可能發生的。如果有人誇口能定論，那他不是白痴就是騙子；我認為沒有人能有自信推測得出接下來幾個星期會發生什麼事。好啦……」他又思考了一陣，然後說：「快到我家了，希望您那位朋友也安全到家……」

19 譯注：法國象徵主義詩人馬拉美當年在巴黎的住所成為當時作家、藝術家每星期二固定聚會的場所，被稱為「馬拉美的星期二」（les mardis de Mallarmé）。

❖

寂靜無人的梅希耶主教街是條死巷子，走到底是一座噴泉，四周圍著廊柱。兩邊深宅大院厚重的門上裝設著監視器，門裡是種著樹木的內院。朗博何食指按在一塊鋁製的牌子上，想必是指紋辨識裝置；一扇鐵捲門在我們面前升起。內院最裡面，我看見梧桐樹半掩著一棟富麗高雅的第二帝國風格獨棟小豪宅。我心想：能住這種地方，絕對不是他講師第一級薪水負擔得起的。那麼，錢是哪兒來的？

不知為什麼，我腦中想像這位年輕同事家的裝潢應該是極簡、素淨，以白色為主。家具呢，卻相反，完全呼應建築物的風格：客廳鋪著絲綢和天鵝絨地毯，擺滿舒服的椅子，擺設小桌鑲嵌著珍珠；精工雕製的壁爐上方，掛著一大幅沉重的學院派畫作，或許是布格羅[20]的真跡。我在一張酒瓶綠稜紋平布墊的鄂圖曼沙發上坐下，接受他建議的梨子燒酒。

「如果您想的話，我們可以試著看看到底發生了什麼事……」他邊幫我斟酒邊說。

「不必了，我知道新聞網上不會報導，或許只有CNN，如果你有衛星天線的話。」

「我這幾天也試了，CNN什麼都沒有，YouTube也是，不過我早就料到會是這樣。Rutube

上有時候會有些手機錄下的影片，但要看運氣，我什麼也沒找到。」

「我不明白為什麼他們決定全面封鎖新聞；我不明白政府要的到底是什麼。」

「就這一點，依我看來，非常清楚：政府實在害怕『民族陣線』會贏得總統大選。所有城市裡暴動的新聞影像，等於是幫『民族陣線』又催出了一些選票。現在是極右派的『民族陣線』在試著施加壓力。當然，城郊那些小夥子一觸即發，但是您仔細看看，這幾個月來每次擦槍走火，起因都是反伊斯蘭的挑釁：清真寺被破壞、戴頭巾的阿拉伯女人遭到威脅被迫脫掉頭巾，反正都是這類的。」

「您認為是『民族陣線』在後面搞鬼？」

「不。不是，他們不敢。事情並不是這樣。怎麼說呢……應該說，中間有穿針引線的人吧。」

他一飲而盡，幫我倆重新斟滿酒，靜默不說話。壁爐上方的那幅布格羅，畫上是五個女人在花園裡——有的穿著一襲白衣，有的幾乎赤裸著——環繞著一個赤身裸體、一頭鬈髮的孩

---

20 譯注：布格羅（W. A. Bouguereau, 1825-1905）：十九世紀上半葉法國學院派畫家。

子。其中一個赤裸的女人用雙手遮住胸部，另一個手上拿著一束野花，沒辦法遮住胸部。她的胸脯很美，衣褶波浪也畫得非常成功。這幅畫是一個世紀前創作的，我感覺卻如此遙遠，面對這幅令人不解的畫，第一個反應是目瞪口呆。漸漸地才開始試著想像十九世紀的有錢人，訂購這幅畫的某個身穿禮服的仕紳；我們或許也和他們一樣，面對畫作上希臘女子的裸體，心中會泛出初次情慾悸動，但這是一場辛苦艱難的時空交會。莫泊桑、左拉，甚至於斯曼，都很容易讓人立刻親近。其實應該談文學這種奇特的能力比較妥當，但我決定繼續談論政治，我想多知道一點，而他看似知道一些內幕，當然也只是看似。

「您曾和『認同陣營』走得很近，我想？」我的語氣無懈可擊，就像對時事感興趣的菁英人士，只是好奇問問，立場中立的善意詢問，帶著一絲優雅的懷疑。他露出毫無保留的開朗微笑。

「是啊，我知道傳言已經傳到大學裡去了……幾年前，準備論文的期間，我的確曾加入一個認同運動組織。那些人是『認同陣營』裡的天主教徒，很多也是保皇派、懷舊派，老實說就是浪漫主義者——其中大多數人也同時是酗酒徒。但這一切早就變了，我也和他們失去聯絡，我相信現在去參加他們的聚會，一定完全狀況外。」

我謹慎地乖乖閉上嘴。當我們謹慎地乖乖閉上嘴，眼睛直視對方眼睛，讓他感覺我們專心注意聽他的話時，他就會滔滔不絕。人們喜歡被專心聆聽，所有調查人員都知道這一點；所有調查人員、所有作家、所有情報員。

「您知道……」他接著說：「『認同陣營』事實上一點都不成陣營，分裂為很多彼此不了解也不相合的小支派：天主教徒、與『第三條路』[21]結合的社會連帶主義者、保皇派、新異教徒、極左派靠過來的政治宗教分離死硬派……但是『歐洲土著民粹派』（Indigènes européens）出現後，這一切都變了。剛開始他們是由『共和國土著派』[22]得來的靈感，但訴求完全相反，並成功地散發出簡明而凝聚人心的訊息：我們是歐洲土生土長的原住民，最早在這片土地上生活的人，我們拒絕回教徒前來殖民；我們也拒絕美國大財團和來自印度、中國的新資本主義家前來併購我們的祖傳產業之類的。他們提到基勞尼莫、科奇斯、『坐牛』[23]，這一點頗能煽動

21 譯注：「第三條路」（Troisième voie）是法國一個極右團體。

22 譯注：「共和國土著派」（Indigènes de la République）原本是二〇〇五年出現於法國的一個協會，譴責殖民主義，呼籲反對歧視（宗教、外來民族、同性戀），後來成立為一個小政黨。

23 譯注：基勞尼莫（Géronimo, 1829-1909）、科奇斯（Cochise, 1812-1874）、「坐牛」（Sitting Bull, 1831-1890）是三

人心。尤其他們的網站繪圖非常新穎，動畫很吸引人，音樂也很炫，吸引了很多新進的年輕族群。」

「您真的認為他們想要挑起內戰嗎？」

「這是無庸置疑的。我給您看一個網上的文刊……」

他站起身，走到隔壁那個房間。從我們進到他客廳之後，槍聲好像停了——但是我不確定在他家裡是否能夠聽到，這條死巷極為安靜。

他走回來，遞給我一份釘書針釘好的文件，十幾頁，小字體印刷；的確，文件的標題就清楚寫著：「準備一場內戰」。

「坊間有許多這種類型的文宣，但這份是最具綜合性的，附了許多最可靠的統計。裡面有不少數據，因為他們檢驗歐盟二十二國的情況，但是每一國得出的結論都一樣。他們的論點，簡而言之，就是信仰本身就是占了物競天擇的好處：一對在聖經裡提到的三大信仰[24]中結識的夫妻，也就是還維持父權社會價值的一對夫妻，比起一對無信仰或未決定信仰的夫妻，生育的孩子較多；前一種情況下的婦女教育水準較低，辨識能力與個人主義傾向也都較低。範圍更擴大一點來說，宗教信仰具有代代相傳的特性：皈依另一個宗教、揚棄家庭宗教價值，都只是少數；絕大數人都忠誠於自己從小被教養長大的宗教氛圍。不談任何宗教的人文主義，奠基於不牽涉宗教的『和平共存』，因而很快會被淘汰，因為信仰一神論的人口百分比將會快速增加，尤其是信仰伊斯蘭教的人口——就算不把讓情況更加敏感的移民算進來。對『歐洲土著民粹派』來說，伊斯蘭教徒和其他人民之間，無論如何遲早必定會爆發一場內戰。他們的結論是，這場內戰最好早點爆發，才有一絲打勝的機會——臆測中，會在二〇五〇年之前，但是愈早愈好。」

「這很合乎邏輯……」

「是的，在政治和軍事層面上，他們的預測的確有理。接下來要知道的，是他們是否決定現在就付諸行動，以及將在歐洲哪些國家行動。整個歐洲每個國家對伊斯蘭教徒的反感幾乎不相上下，但是法國有一點是和其他國家完全不一樣的，那就是法國的軍隊。不管左右派政府相繼掌權，儘管國防預算降低，法國軍隊依舊是全世界數一數二強大的，這條線還是死守著；因

位印第安部落領導人，當年領眾對抗白人。

24 譯注：聖經裡提到的三大信仰，指的是基督教、猶太教、伊斯蘭教。

此只要政府真的下令出動軍方，沒有任何反動力量能與之抗衡。所以啦，策略當然要改變。」

「意思是？」

「軍旅生涯是短暫的。就目前來說，法國軍隊——陸軍、海軍、空軍加起來——擁有三十三萬軍人，包括憲兵隊。每年招募士兵差不多兩萬人；也就是說，十五年之後，整個法國軍隊就會全部汰換一輪。倘若『認同陣營』的年輕激進分子——何況他們幾乎都是年輕人——大批參加軍隊招募，就能在相當短的時間內掌握軍隊的意識型態。這是從一開始認同運動政治支系鎖定的方針；也因而掀起兩年前與運動中主戰支系的決裂，後者主張立刻發起武裝暴動。我認為政治支系將會掌握局勢，主戰支系只能吸收到一些對武器狂熱的小混混邊緣人物；但是在別的國家情況又不同，尤其是斯堪的納維亞半島。北歐的多元文化意識型態比法國更一觸即發，認同運動激進者為數更多也更激烈。另一方面呢，軍隊人數太少，面對嚴重的大型暴動時可能就束手無策。是的，如果大型暴動即將在歐洲蔓延的話，發源地應該會在挪威或丹麥，比利時和荷蘭也是非常不穩定的潛在區域。」

接近清晨兩點的時候，一切似乎平靜下來，我很輕易地叫到一輛計程車。我稱讚朗博何的梨子酒品質一流——我們倆幾乎喝乾一整瓶。這種論調我和大家一樣已經聽了好幾年、甚至好幾十年。「我死之後，洪水滔天。」[25]這慣用語有人說是路易十五、也有人說是他情婦龐巴度夫人創的。這說法大致概括我此時腦中所想，但這是頭一次，一個令人擔憂的念頭閃過我腦際：洪水或許會在我死前就發生。我當然不妄想擁有平靜安詳的死亡，沒有任何事能讓我逃過悲傷、病殘、苦痛，但是還是希望自己能不以太過暴力的方式離開人世。

他太過危言聳聽嗎？很不幸地，我不這麼認為；我對他的印象是個嚴肅的小伙子。次日早上，我在Rutube上找，完全沒有關於克里希廣場的新聞。但是湊巧看到一段挺嚇人的影片，雖然裡面沒有任何暴力元素：十幾二十個傢伙，穿一身黑，戴著面具、套著只露出眼睛的毛線帽、拿著衝鋒槍，排成V字形緩緩往前，背景是城市一角，看起來像是巴黎郊區阿讓特伊鎮的社區中庭廣場。這段影片絕不是手機拍的：畫質超好，還加上慢動作效果。這個稍稍以仰角拍攝的靜態影片氣氛凝重，目的就是證明國內這些人的出現和掌控。倘若種族鬥爭爆發，我一定會被歸類為白種人那一國，出門購物時，我頭一次對中國人心存感激，感激他們從中國城出現開始，就避免所有黑人或阿拉伯人來這裡安身落戶——其實幾乎是任何非中國人，除了少數越

25　譯注：「我死之後，洪水滔天」這句法語慣用詞的意思是「我死之後，管他會發生什麼事」。

南人之外。

如果情況真的很快變得不可收拾，還是先想好撤退的計畫比較妥當。我父親住在克蘭山地一間木屋式別墅，他前不久（至少我是前不久才知道）找到一個新伴侶。我母親蹲在內維爾搞憂鬱，除了她那隻法國獒犬之外沒有任何社交。十五年來我幾乎沒有他們的消息。他們兩個是戰後嬰兒潮出生的，向來是無可救藥的自私，我完全不敢想他們會好心地收容我。有時我會不經意地想到，不知在他們死前是否會再看到他們，每一次答案都是否定的，而我相信就算內戰爆發也無法改變情況，他們會找個藉口拒絕收留我；就這個問題，他們可從來不會找不到藉口。要不然呢，我也有幾個朋友，老實說也不能真算朋友，有點失去聯絡了：還有亞麗絲，我無疑可以把她視作朋友吧。整體說來，自從和梅莉安分手以來，我極為孤獨。

❖

五月十五日　星期日

我一直都很喜歡總統選舉揭曉直播夜，這甚至是世界盃足球賽之外我最喜歡的電視節目。懸疑性當然比不上足球賽，畢竟選舉揭曉必須按照特殊的敘事模式進行，就像講一個一開始就知道結局的故事。然而節目請來各方來賓評論（政論家、政治新聞編輯「大老」、穿插在後台或在各競選總部激動落淚的支持群眾……以及競選候選人深思熟慮或情緒激動的即時感言），所有參與者一派投入，透過生動的電視畫面，讓人可以直接參與歷史性的一刻，體驗這種如此罕見珍貴的感覺。

上次大選電視辯論時歷經浩劫的微波爐，幾乎讓我的存活成了問題，這一次，我買好了魚子泥、鷹嘴豆泥、小鬆餅和魚子罐頭，前一天還在冰箱裡冰了兩瓶呂利葡萄酒。七點五十分，大衛·普加達斯一揭開序幕，我就明白今晚的大選將會很精采，我將會見證一次特殊的電視直播。普加達斯當然維持專業態度，但他閃爍的眼神騙不了人：他已經知道自己十分鐘之後將揭曉的大選結果，而且會十分驚人。法國政治風貌將會整個顛覆。

開出第一階段數字時，他劈頭就說：「這是一場大地震。」「民族陣線」以得票率百分之三十四．一遙遙領先；這幾乎算正常，好幾個月來民調一直差不多是這個數字，極右派女候選人最後幾週的競選活動只稍微拉抬了一點支持率。緊接在後的「社會黨」候選人得票百分之二十一．八，和「穆斯林兄弟會」候選人的百分之二十一．七勢均力敵，兩者得票數差距如此接近，情況很可能反轉，甚至隨著一整晚各大城市和巴黎陸續開票結果而反轉許多次。右派候選人得票率百分之十二．一，已然出局。

九點五十分，右派候選人讓—弗朗索．柯貝（Jean-François Copé）才出現在螢幕上，蒼白憔悴，鬍子沒刮乾淨，領帶沒打整齊，真讓人以為他幾個小時之前被起訴似的。他帶著痛楚的恥辱承認這是個反撲，一個強烈的反撲，他會負起所有責任；當然他不會像二〇〇二年敗選的喬斯潘（Lionel Jospin）直接退出政壇。至於第二輪，他不號召支持者轉投給誰，一切要等「人民運動聯盟」[26]政治總部本週開會之後才做出決定。

十點時，兩名候選人一直難分勝負，陸續亮出的票數維持勢均力敵的局面——這種不確定性讓「社會黨」候選人得以逃掉想必十分艱難的發言。從第五共和以來建立法國政治生命的兩大政黨，就將被淘汰掉嗎？這個假設如此震撼，我們可以感受到風風火火輪流出現在電視畫面上的評論者——甚至大衛．普加達斯自己，儘管他顯然和伊斯蘭沒有特別關係，且人人皆知他與「社會黨」的曼努耶．瓦爾斯（Manuel Valls）走得很近——心裡都暗暗巴不得真的發生。克里斯多夫．巴比埃一整個晚上直到深夜都無所不在，像練了分身術一般火速出現在各大電視台畫面上，榮登大選之夜的媒體國王當之無愧，鋒頭輕易壓過因為手下報紙完全沒料到這個結果而顯得黯然氣餒的何諾．德利，甚至也壓過平日戰鬥力旺盛的伊夫．泰亞[27]。

一直到過了午夜，我喝乾第二瓶葡萄酒時，大選結果終於出爐：「穆斯林兄弟會」候選人穆罕默德．賓阿貝以百分之二十二．三的投票率位居第二。獲得百分之二十一．九投票率的「社會黨」候選人被淘汰。「社會黨」候選人曼努耶．瓦爾斯低調發表一席簡短談話，恭賀兩位獲勝的候選人，並表示所有決定將等「社會黨」督導委員會開會後才公布。

26 譯注：「人民運動聯盟」（UMP）是法國右派勢力最大的一黨，二〇一五年改名為「共和黨」（LR）。

27 譯注：克里斯多夫．巴比埃（Christophe Barbier）、何諾．德利（Renaud Dély）、伊夫．泰亞（Yves Thréard）三位依序是明星政治記者、名嘴、報刊主編。

❖

五月十八日　星期三

當我回到大學授課時，頭一次感受到好像有什麼事情改變了；我從小習慣生活在其間的政治系統，雖然很長一段時間明顯出現裂痕，現在卻可能一夕之間破滅。我不清楚是什麼事讓我有這樣的感受，或許是碩士班學生的態度：這些委靡不振、對政治毫不關心的學生，今天卻顯得緊張、擔心，明顯地用手機和平板抓取新聞片段；總之上課比平日還不專心。也或許是那幾個全身罩著布卡的女學生，顯出比平日篤定而緩慢的姿態，她們三個三個併排走在走廊上，沒有貼著牆，好像她們已掌握根據地。

然而，我也訝異同事們的遲緩無感。對他們來說，好像什麼事也沒有，完全事不關己，這更坐實了我多年來的看法：這些獲得在大學教書地位的人，甚至不能想像政治變遷會對他們的職業產生什麼影響；他們覺得自己百毒不侵。

傍晚我在桑特伊街拐彎走向地鐵站時，看到瑪莉—弗朗索絲。我快步幾乎用跑地趕上她，趕上她之後快速問了聲好，立刻直接問：「妳覺得同事們這麼平靜是對的嗎？妳覺得我們真的不會被影響到？」

「啊！……」她點起一根Gitanes香菸，做了個讓她顯得更醜的鬼臉，喊道：「我還在想，在這個他媽的大學裡，有沒有一個人會醒過來。才不咧，對我們影響可大了，你大可相信我，我知道內情……」

她停頓了幾秒鐘才接著說：「我先生任職『國家安全總局』（DGSI）……」我目瞪口呆地看著她：十年來的相處，這是我頭一次意識到她曾經是個女人，另一方面來說，竟然有個男人對這個矮壯結實幾乎像個兩棲類的造物曾經興起慾念。幸好她誤會了我的表情。「我知道……」她滿意地說：「這事總讓人驚訝。對了，你知道『國家安全總局』是什麼嗎？」

「是情報組織，像『國土安全局』（DST）？」

「『國土安全局』已經不存在了，和『情報局』合併為『中央情報總局』（DCRI），現在改名為『國家安全總局』。」

「妳先生是情報人員？」

「不全然，情報員比較屬於『海外情報局』（DGSE），隸屬於國防部。『國家安全總局』

隸屬內政部。」

「所以他是政治警察？」

她又微笑了一下，淡淡一個微笑，稍微淡化了一點她的醜。「對外，他們拒絕這個標籤，不過其實差不多就是。他們最主要的工作是監視極端分子的活動，掌握他們是否轉而發展恐怖活動。你來家裡喝一杯，我先生可以跟你解釋這一切。當然，他會解釋他有權跟你解釋的。我也搞不清楚，能透露多少一直在變，是隨著對事件發展掌握的資料而定。反正大選之後會有真正的大變動，而且直接關係到大學。」

他們住在維門努斯小廣場旁邊，離巴黎第三大學桑希耶校區走路五分鐘。她先生一點都不像我想像中情報員的樣子（我想像的情報員又是什麼樣子呢？可能是個科西嘉島人，混合無賴和推銷開胃酒商人的形象）。他滿臉微笑，乾淨整齊，腦袋光可鑑人像塗了油，穿著一件蘇格蘭格子的家居外套，但是我想像他上班時應該打著領帶蝴蝶結，或許穿著背心，渾身散發老派的優雅。頭一眼，他給我的印象就是擁有異於常人的聰慧敏捷；他或許是唯一一個從師範高等學院畢業，通過高等教師甄試資格之後，又去考高等警察學院的人。「被任命為警察分局長之後，」他幫我倒了一杯波特酒便接著說：「我立刻請調到調查局，這是一種使命……」他微笑地加上最後這句，好像在解釋他對祕密調查並不是沒來由的癖好。

他停頓很長一段時間，喝了第一口波特酒，又喝了第二口，才繼續：

「『社會黨』和『穆斯林兄弟會』的協商比預期的困難多了。然而，『穆斯林兄弟會』準備分給『社會黨』一半的部長職位——包括重要部會，例如財政部和內政部。他們兩方在經濟議題、稅制政策上完全沒有衝突，甚至國家安全方面也是——尤其，比起『社會黨』，他們更有把握掌握郊區治安。針對國外政策，兩方確實有些齟齬，他們希望法國更堅定地譴責以色列，但是這一點左派輕易就同意了。真正的問題，協商中的絆腳石，是國家教育。對國家教育的關注是左派『社會黨』悠久的傳統，教師圈也對『社會黨』不離不棄，一直到它在崩裂的懸崖邊都繼續支持；但是就這一點，『社會黨』的協商對象態勢更強悍，完全不肯退讓半步。您知道，『穆斯林兄弟會』是個獨特的政黨：諸多一般的政治考量他們都不很在意，尤其，他們完全不把經濟放在中心位置。對他們來說，最重要的是人口數量，以及教育；亞群（sous-population）人口繁殖率最大，會代代相傳他們的價值觀，因此能夠得勝；在他們眼裡，就是這麼簡單，經濟、甚至地緣政治都只是障眼法：掌握下一代，就是掌握未來，如此而已。所以啦，最重要的一點，他們在斡旋中唯一不讓步的一點，就是下一代的教育。」

「他們要的是什麼？」

「噯，對『穆斯林兄弟會』來說，希望每個法國小孩在整個受教育的過程中，都能受益於穆斯林教育。然而，穆斯林教育不管從哪個角度來看，都不是一個與宗教分離的教育。首先，男女合校是絕對不允許；開放給女生入學的只有某些專業。他們希望的，其實就是大部分女性上完小學之後，進入家政學校，然後速速嫁人——一小部分人在嫁人之前可以繼續一些文學或藝術方面的學業；這是他們理想的社會典型。加之，所有的教師，無一例外，都要皈依伊斯蘭教。學校餐廳的飲食要按伊斯蘭教規矩，每天五次禮拜的戒律要遵守；尤其，教材要符合可蘭經教義。」

「您認為他們的協商會達成共識嗎？」

「他們別無選擇。如果他們兩方無法達成協議的話，『民族陣線』勢必贏得大選。甚至就算他們達成協議，『民族陣線』也都有可能勝出。雖然柯貝才剛放話說他本人不會去投第二輪票，百分之八十五的右派『人民運動聯盟』的選民都會轉投『民族陣線』。戰況激烈，非常膠著，真的是一半一半打成平手。」

「他們剩下唯一的解決辦法，」他接著說：「就是施行雙軌制教育。一夫多妻制這一點，已經達成協議，這可以當作其他協商的範本。法蘭西共和國下的婚姻制度維持不變，兩造結婚，男女、男男或女女都一樣。穆斯林婚姻，一夫多妻的話，不能註冊戶籍，但被認定有效，並且被健保和稅捐處認可。」

「您確定嗎？我覺得這實在很誇張……」

「完全確定，這是已經納入協商條例裡的；而且這完全符合伊斯蘭律法的理論，也是『穆斯林兄弟會』向來支持的論點。針對教育方面，也可能按照這個模式。公立學校維持不變，人人都可以去——但是經費大幅縮減，國家教育的預算將被砍掉至少三分之二，而且這一次，教師團體也沒轍，在目前這種經濟大環境下，大眾對一切預算縮減都有共識。同時間，他們平行發展私立回教學校系統，文憑被教育部認可，又可以收受私人資金捐款。想當然耳，公立學校很快就會變成二流學校，任何憂心孩子未來的家長都會讓小孩就讀回教學校。」

「對大學來說也一樣，」他太太插嘴說：「巴黎索邦大學尤其讓他們心懷遐想到不可思議的程度——沙烏地阿拉伯已經準備捐贈一筆幾乎沒上限的獻金；我們將晉升世界上最有錢的大學之列。」

「而何帝傑將會被任命為校長？」我記起上次我們的談話，問道。

「當然啦，他比以前更無法撼動；他親回教的態度始終如一，至少二十年了。」

「他甚至已經改信回教了，如果我沒記錯的話……」她先生說。

我一口喝乾酒，他又幫我倒滿；的確，情況將會不一樣。

「我猜想這些是絕對機密……」我沉思了一下說。「我不懂您為什麼會把這些告訴我。」

「若在平時，我當然不會洩漏。但是現在消息早已全部走漏——這也是目前最讓我們擔憂的一點。我剛才跟你說的那些，誰都能在『認同陣營』激進人士的部落格裡看到，甚至消息還更完整——那些被我們成功滲透的激進人士。」他不可置信地搖搖頭。「就算他們成功地把錄音麥克風放進內政部那些保全最嚴謹的聽室裡，知道的內情也不會更多了。最糟糕的是，現在他們知道了這些爆炸性的內幕，卻什麼都沒做：沒召開記者會，也沒有對大眾發表任何消息；他們就是在等。這是前所未見的情勢，而且極令人憂心。」

我想多知道一點關於「認同陣營」的事，但他顯然不想再多說。我跟他透露我大學裡有個同事曾經和「認同陣營」走得很近，但後來已完全切斷關聯。「是啊，他們每一個都這麼說……」他諷刺地說。我談到聽說那些極端組織擁有的武器問題，他只是啜啜波特酒，含糊地說：「是啊，傳言說是俄國一些億萬富翁的金援……但沒有真正證實。」說完就不肯再開口。過沒多久我就告辭了。

❖

五月十九日　星期四

次日，雖然一點都不想去上課，我仍朝大學走去，一邊撥了朗博何的電話號碼。根據我的計算，應該是他上完他那堂課的時間；他接了電話。我提議去喝一杯；他不怎麼喜歡大學附近的咖啡廳，建議在護牆廣場上的「德拉馬家」見面。

我沿著穆夫塔街往上走，回想起瑪莉—弗朗索絲的先生說的話，不禁想我這位年輕同事是不是知道比他對我說出來的還更多呢？他是否還直接與現在發生的事件有關聯呢？

「德拉馬家」皮質的俱樂部扶手椅、暗沉的木質地板、紅色窗簾布，完全吻合他的調調。他應該絕對不會去廣場對面的那家「護牆咖啡廳」，讓人喪氣的整面牆仿圖書架；他是個有品味的人。他點了一杯香檳，我點了一杯Leffe生啤酒，我內心似乎有什麼東西瓦解了，突然很厭煩自己的細膩和節制，所以甚至在服務生送酒上來之前，我就單刀直入：「政治現況似乎很不穩定……老實說，如果您是我，會怎麼應對呢？」

他坦率地微微一笑，語氣不改地回答：「首先，我想我會開始換銀行。」

「換銀行？為什麼？」我自覺幾乎用喊的，我想自己應該情緒非常緊綳，但沒有真正意識到。服務生端來酒。朗博何停頓一下才說：「呃，目前『社會黨』的做法可能不會讓它的選民很贊同……」就在此刻，我明白他**知道**，他在「認同陣營」裡還扮演著一個角色，甚至是一個決策角色：所有那些走漏到「認同陣營」分支觸角裡的情報，他都一清二楚，甚至可能是他決定讓那些情報不要散發出去。

「在這種情況下……」他輕聲地說：「『民族陣線』很可能在第二輪獲勝。那他們就必須——絕對必須，因為這是他們對那些大部分是國家主權擁護者的選民震聲吶喊的政見——脫離歐盟，脫離歐元幣制。就長遠來看，這對法國經濟可能有好的作用；但在短期內，我們將會經歷一陣非比尋常的經濟陣痛期；法國的銀行，就算底子最硬的，也不見得承受得了。因此，我建議您在外國銀行開戶——最好是英國銀行，例如巴克萊或滙豐。」

「然後呢……只有這樣？」

「這樣已經很多了。再不然……您在外省有個可以暫避風頭的去處嗎？」

「不能算有。」

「我還是建議您別多耽擱，盡速離開，到鄉下找家小旅館。您住在中國城，是嗎？那一區發生洗劫或嚴重衝突的機會不大，但是也難說，要是我是您，會離開。放個假，靜觀其變，等事情沉澱一下。」

「我會感覺自己有點像棄船逃生的鼠輩。」

「老鼠是聰明的哺乳動物。」他以平穩、甚至莞爾的口吻說：「牠們可能比人類存活更久，反正，牠們的社會系統比人類穩固多了。」

「大學學年還沒結束，我還有兩週課要上。」

「這個！……」這下他微笑得更坦率了，幾乎是發笑。「接下來可能會發生很多事，情況完全無法預測，但是我認為學年要在正常情況下結束是幾乎不可能的！……」

然後他沉默下來，安靜地啜飲著香檳，我明白他不會再多說了；他嘴角浮著一抹不屑的微笑，奇怪的是，我幾乎覺得他挺和善的。我又叫了一杯啤酒，這次是覆盆子口味的啤酒；我一點都不想回家，沒有任何東西、任何人在家等著我。我心想他是否有伴侶，或是女朋友之類的；應該有吧。他是個**幕後操縱者**，地下政治運動的領袖，就是有女生會被這個吸引，這是眾所皆知的。老實說，也有女生會被研究於斯曼的專家吸引。我甚至有一次跟一個年輕迷人的女生聊天，她迷戀讓—弗朗索·柯貝，嚇得我好幾天才驚魂甫定。現在這世道，真是什麼樣的女生都有。

❖

五月二十日　星期五

次日，我在柯布蘭大道上一家巴克萊分行開了個戶。銀行職員告訴我，存款轉換銀行只需一個工作天；而且讓我相當驚訝的是，幾乎立刻就拿到提款卡。

我決定走路回家，剛才機械式地填好一切轉換戶頭的單子，處在無意識的狀態，現在需要思考一下。走到「義大利廣場」，突然湧上一種眼前這一切都可能會消失的感覺。這個頭髮鬈鬈、牛仔褲緊緊裹著屁股、正在等二十一路公車的小黑妞，可能會消失；不，她肯定會消失，至少會被大幅改造。義大利商場前的廣場如同往常，有許多募款人員，今天是「綠色和平組織」，他們也會消失，其中一個蓄棕色鬍子、頭髮半長的年輕人手持一疊說明書靠過來，我瞇著眼視如不見地從他面前走過，就像他已提早消失了一樣。我走進玻璃門，進到商場一樓。

商場裡面，各家商店的下場不一。賣裝修工具的「工具賣場」命運不變，但是「珍妮佛少女服飾店」無疑來日不多，店裡賣的沒有一款適合伊斯蘭教青少女。相反的，賣名牌折價女性內衣的「祕密花園」不必擔心：「利雅德」和「阿布達比」商場裡這種店人流如織熱鬧滾滾，「香塔兒多馬斯」、「珍珠貝」這些高價女性內衣店也完全不必擔心伊斯蘭政權。有錢的沙烏地阿拉伯婦女白天罩著密不透風的布卡，到了晚上搖身一變成了天堂小鳥，束著緊身馬甲，穿著鏤空胸罩，多彩蕾絲丁字褲上綴著水鑽；和西方女子完全相反，西方女子白天為了社會形象穿著有品味、性感，晚上回到家整個垮掉，累得放棄一切魅惑的打算，穿上休閒鬆垮的家居服。突然，在「鮮果汁鋪」前（店裡的花樣愈來愈多：椰子、百香果、芭樂、芒果、荔枝、瓜拿納十來種，充滿驚人的維他命量）我想到布呂諾．迪斯隆。我快二十年沒看到他，也從來沒想起他。他是我博士班的同學，也可以說我們幾乎有像友誼般的情誼，他研究拉佛格。他的論文做得還不錯，讀完博士他立刻通過稅務監察員考試，然後和不知是在哪個大學舞會上認識的安娜麗絲結婚。她在一家手機電信公司當行銷，賺的比他多得多，但是他公職穩當，他們在郊區蒙帝尼勒博東納鎮買了一棟獨棟洋房，已經生了兩個孩子，一男一女，他是我們同學中唯一組成正常家庭的一個，其他的都在網路交友和婚友社之間打轉，帶著巨大的孤獨。我和他在郊區快鐵上巧遇，他邀請我星期五晚上去他家吃烤肉，那時是六月底，他家有個草坪，可以露天烤肉，還會有幾位鄰居，「沒有以前同學」，他預先告知。

錯就錯在選了星期五，我一到，在草坪上和他太太吻頰問好時就明白了，她上了一整天班，回家已經累斃了，再加上她看多了M6電視台的「幾乎完美的晚餐」節目，擬了大費周章的菜單，羊菌菇舒芙蕾已經無藥可救，但是連酪梨醬眼看也注定失敗的時候，我差點以為她要嚎啕大哭，三歲的兒子開始大聲哭鬧，布呂諾在客人剛到時就已快抓狂，根本連翻一下火上的香腸都幫不上忙，我趕緊上前協助，絕望中的她滿懷感激地看著我，烤個肉比我想像的要複雜多了，小羊排很快就表面一層焦黑，不只烤焦還可能致癌，一定是火太烈了，但我根本不會這個，插手的話搞不好連瓦斯罐都會爆炸，我們兩個站在一堆烤焦的肉前面，其他賓客喝光了好幾瓶粉紅酒，根本沒注意到我們，暴風雨逼近時我鬆了口氣，雨點開始落到我們身上，斜斜冰冷的雨點，逼得大家趕快撤退到客廳，晚餐改成冷食buffet。當安娜麗絲跌坐到沙發上，仇視地看著中東小米沙拉，我不禁想像著她的人生，以及所有西方女性的人生：她早上可能先吹個頭髮，選擇適合裝扮以符合職業形象，以她來說，穿著應該是偏優雅捨性感，不過這中間拿捏很複雜，她在送小孩上幼稚園之前應該花了不少時間打扮，一整天在收發郵件、打電話、和各式客戶見面，然後晚上差不多九點回到家（布呂諾是公務員上下班時間，由他接小孩、做晚餐），回到家已經累垮，換上運動衫和慢跑褲，就這副德性出現在她的老爺、她的主子面前，他應該、他絕對應該有種不知怎麼這麼倒楣的感覺，她自己也應該有種不知怎麼這麼倒楣的感覺，隨著一年年過去，情況不會好轉，孩子會長大，工作責任會機械式地愈來愈重，連自己身體鬆垮都無暇顧及。

我是最後幾個告辭的客人，甚至還幫安娜麗絲收拾，我一點都沒有和她來上一腿的想法——這大有可能發生，以她的情況，任何事都有可能。我只是想讓她感覺到一點支持，毫無用處的支持。

布呂諾和安娜麗絲現在鐵定離婚了，在我們當今的社會，事情就是這樣；一個世紀之前，在於斯曼那個時代，他們可能會繼續在一起，說不定也不會那麼不快樂。我回家後，倒了一大杯葡萄酒，埋頭專心看著《家庭》（*En ménage*），我記得這是於斯曼寫得最好的其中一本，一開始讀，我就重新找到幾乎二十年之前讀它時絲毫不減的閱讀樂趣。或許，沒有任何一本書像它如此溫柔地描寫老夫老妻之間溫潤的幸福：「安德烈和珍娜之間剩下的只是恬靜的溫情，偶爾上上床，或是單純並躺著聊聊天，然後背靠著背睡去這種母性的滿足。」這很溫馨，但是可能嗎？今天，會有人把這個當成未來藍圖嗎？這種溫馨無疑是和口腹之慾結合：「在他們之間，因為對其他感官漸漸無感，美食成為一個新趣味，就像一個被剝奪了肉體歡娛的神父，在美食美酒之前開懷大喊。」當然，在那個女人自己去買菜、削果皮、準備肉品、花好幾個鐘頭燉一鍋肉的年代，可能會滋生出一種保母般溫柔的關係；調理食物的進步使人遺忘了這種感覺，而且，於斯曼也坦白承認，這只不過是替代肉體之歡的小小慰藉。他自己的真實生活中，從未和任何一個「洗手作羹湯」的女人安定下來，據波特萊爾說，適合於斯曼的只有「洗手作羹湯」的女人和歡場女子——更何況，隨著年歲增長，歡場女子很可能變成洗手作羹湯的女人，這甚至是她們內心祕密的願望和自然傾向。他在經歷過一段可視為「荒唐」的歲月之後，轉而傾向修院生活，我對他的研究也中斷於此時代。我拿起《路上》，試著讀了幾頁，又轉回看《家庭》，我完全沒有宗教靈修的細胞，這有點可惜，因為修道院生活依舊存在，幾個世紀來都沒有改變，但是「洗手作羹湯」的女人，今日何處尋？在於斯曼的時代，必定還存在這樣的女人，但是他身處的文學界讓他沒有機會遇到。老實說，大學裡也不見得有機會。拿梅莉安來說吧，她可能隨著年歲變成一個「洗手作羹湯」的女人嗎？我正在想這個問題，手機響了，好巧，正是她，我驚訝地說話結結巴巴，事實上我一點都沒料到她會打電話給我。我看了一眼鬧鐘：已經晚上十點了，我專心看著書，連晚飯都忘了吃。但是我發現第二瓶葡萄酒都快喝光了。

「我們或許可以……」她遲疑地說：「我在想明晚能不能見個面。」

「什麼？……」

「明天是你生日。你可能忘了？」

「是啊，是啊，我忘得一乾二淨，老實說。」

「而且……」她又一陣遲疑，「我有另外的事要跟你說。反正，明天見個面比較好。」

❖

五月二十一日　星期六

我在清晨四點醒來，梅莉安的電話之後，我讀完了《家庭》，這本書真是一部傑作，所以我只睡了三個多鐘頭。於斯曼終其一生尋找的女人，其實他已經在二十七、八歲寫的第一本小說《瑪特，一個妓女的故事》（*Marthe*）裡描述了，一八七六年在布魯塞爾出版。書裡特別強調，「洗手作羹湯」的女人必須在特定時間能夠化身為歡場女子。其實變身歡場女子並沒那麼困難，甚至比成功做出伯那西醬汁來得簡單，不過這樣一個女人，他遍尋各處都沒尋到。而我呢，就目前來說，也沒比他好到哪兒去。其實，四十四歲對我來說不痛不癢，這生日也無任何出奇之處；然而，於斯曼恰恰是在四十四歲找到宗教依歸。一八九二年七月十二到二十日，他第一次到馬恩地區的伊格尼修道院靈修一段時間。七月十四日他告解，這一切在《路上》仔仔細細回溯過。七月十五日，他領了此生第一次聖體。

我在寫於斯曼論文的時候，曾經去他在領聖體數年後獲得修士資格的利吉格修道院度過一個星期，後來又去了伊格尼修道院一個星期。伊格尼修道院在第一次世界大戰時整個被摧毀，但一個星期的靈修還是讓我獲益良多。內部裝潢和陳設雖然已現代化，但保持著當年讓於斯曼驚訝的樸素和極簡；一天多次的祈禱和經課，從清晨四點的「三鐘經」到晚上的「又聖母經」，都維持原樣。用餐時保持緘默，和大學食堂比起來，這讓人很放鬆；我還記得修士們製作巧克力和馬卡龍，獲Petit Futé導遊書推薦，行銷到全法國。

我很能理解為什麼有人受修院生活吸引——儘管我知道我的觀點絕對不是於斯曼的觀點。但是我完全無法感受他那種對肉體情慾的厭惡，自己也從沒有這樣的感覺。大體上說來，我的肉體就是各種病痛的基地——偏頭痛、皮膚病、牙痛、痔瘡，不斷輪番發作，幾乎不讓我有片刻消停——而我才四十四歲！等到五十歲、六十歲，或更老，會是什麼光景！……我的肉體將只是一堆慢慢解體的器官，我的生命將成為無休止的折磨、黯淡無趣、不存價值。其實，我的陽具是唯一從未讓我意識到痛苦的器官，反而讓我獲得快樂。它小小的，但經得起挑戰，一直忠實地服侍著我——也或許相反，是我服侍著它，這不無可能，但它的統治非常溫厚，從不對我下命令，只是有時候謙遜地、不尖銳也不帶火氣地刺激我多參與社交活動。我知道今晚它的仲裁會偏袒梅莉安，它向來和梅莉安有著良好關係，梅莉安也一向待之以感情與尊重，為我帶來巨大的歡娛。一般說來，我毫無歡娛的泉源，老實說，只剩下這個歡娛。我對學術的興趣已大幅降低，我的社交生活和肉體情況可以一比，也只剩下一連串的小麻煩——洗手台堵塞、網路壞掉、駕駛執照被扣點、清潔太太手腳不乾淨、報稅錯誤——仍不斷輪番出現，幾乎不讓我有片刻消停。在修院裡，我們能夠逃掉大部分這些煩憂，放下個人生存的重擔。我們當然也要放棄歡娛，但這是一個值得考慮的選擇。我一邊念著於斯曼的書一邊想，很可惜，於斯曼在《路上》這本書裡太過強調對自己往日荒唐生活的厭惡；或許這一點他並不是完全真誠。我懷疑，修院生活之所以吸引他，未必是逃脫肉體歡娛的追求，而是從黯淡的日常生活不間斷的惱人麻煩中解脫，這些日常生活的惱人麻煩正是他在《順流》（*À vau-l'eau*）中精采描寫的內容。在修道院裡，至少包吃包住——最佳情況下，還加碼享有永恆之生命。

梅莉安將近晚上七點時按電鈴。「生日快樂，弗朗索……」一開門她就輕聲跟我說，然後撲上來吻我，深長纏綿的一個吻，嘴唇和舌頭翻攪在一起。和她一起進到客廳後，我發現她比上次更性感。她穿了另外一件黑色迷你裙，更短，下面穿著絲襪，她坐上沙發時，我看見黑色吊襪帶襯在白皙的大腿上。襯衫也是黑色，完全透明，可以很清楚看見底下搖曳的雙乳——

我意識到自己手指還留存著乳頭的觸感，她遲疑地微笑，此刻，有某種不確定的、無法抵抗的誘惑。

「妳有帶禮物給我嗎？」我裝出開玩笑的口氣問，想讓氣氛輕鬆一點。

「沒有，」她嚴肅地回答：「我沒有找到真正喜歡的。」

又一陣沉寂之後，她突然張開雙腿；她沒穿內褲，裙子如此之短，露出陰部的線條，毛刮乾淨，一副清純。「我要幫你口交……」她說：「一場很棒的口交。來，坐到沙發上來。」

我照她的話做，讓她幫我脫衣服。她跪在我身前，開始幫我舔，長而溫柔，之後牽著我的手拉我站起來。我靠著牆，她又跪下，開始舔我的睪丸，手快速地揉搓我的陽具。

「看你什麼時候要，我就開始含……」她暫停了一下說。我繼續撐了一會兒，直到激動難耐，說：「現在。」

在她舌頭放上我陽具之前，我深深地注視著她的眼睛，看到她的樣子，更增高我的慾火；她處在一種很怪異的狀態，既專心又瘋狂，她的舌頭在我陽具上翻飛，時而快速，時而加重而緩慢；她左手握著陽具底部，右手的手指輕搔著睪丸，一陣陣歡娛湧上，驅散了我的意識，雙腿幾乎站不住了，差一點昏過去。就在狂吼爆炸之前，我傾盡全力哀求：「停……停……」

我幾乎認不出自己的聲音，整個變了聲調，幾乎聽不見。

「你不要射在我嘴裡？」

「現在不要。」

「好吧……我希望這意思是說你想待會跟我做愛。現在先吃飯吧？」

這一回，我早就訂了壽司，下午就擱在冰箱裡等著。我還冰了兩瓶香檳。

「你知道，弗朗索……」她喝了一口香檳之後說：「我不是妓女，也不是性變態。我這樣幫你口交，是因為我愛你。我真的很愛你，你知道嗎？」

是的，我知道。我也知道還有其他的事，她說不出口的事。我看著她良久，思忖該怎麼開啟話題。她喝乾香檳，嘆口氣，斟了第二杯，終於說了：「我父母決定離開法國。」

我一言不發愣住了。她再度喝乾香檳，又斟了第三杯，才繼續說。

「他們要回以色列。我們下星期三搭機回特拉維夫。他們甚至不等總統大選第二輪。最奇怪的是，這一切都瞞著我們進行，什麼都沒跟我們說：他們在以色列開了銀行帳戶、想辦法遠距離洽租了一間公寓，我父親一次領齊退休金，家裡的房子脫產，這一切都沒告訴我們。對我妹妹和弟弟我還能了解，他們年紀還有點小，但是我二十二歲了，他們就這樣讓我面對既定事實！……他們不勉強我走，如果我真的堅持的話，他們準備幫我在巴黎租個房間；但是大學馬上要放暑假了，我也不放心他們這樣走掉，至少現在無法放心，他們會擔心死。我本來沒多注意，但是幾個月來，他們交往的朋友圈也改變了，只和猶太人交往。他們經常見面，彼此煽動，我父母不是唯一決定離開的，那群朋友中至少有四、五個都拋下一切到以色列定居。我花了一整夜時間和他們討論，完全無法動搖他們的決心。他們堅決相信在法國將發生針對猶太人的嚴重事件，真的很奇怪，五十年過去了，這感覺卻又捲土重來，我跟他們說這實在蠢死了，『民族陣線』已經很久不再仇視猶太人了！……」

「倒也沒那麼久。妳還太年輕沒見識到，讓—馬利・勒朋（Jean-Marie Le Pen）還維持法國極右派的古老傳統。他是個大老粗，幾乎沒有文化，很顯然從沒讀過德呂蒙和摩哈[28]的著作；但我認為他聽說過他們的主張，因此成了他腦中的藍圖。至於他女兒呢，當然完全不認識這兩個人。話說回來，就算回教首領當選，也沒什麼可擔心的。他們還是和『社會黨』結盟了，不

28 譯注：摩哈（Charles Maurras, 1868-1952）：法國作家、法蘭西學院院士、政治人物。國家主義者、保皇黨。其排外思想後來成為極右派的主張。

能胡作非為。」

「這個……」她懷疑地搖搖頭，「這個，我沒你那麼樂觀。一個回教黨掌權，對猶太人來說絕非好事。我從沒看過相反的例子……」

我默不做聲；老實說我對歷史不太熟，高中時我是個不用功的學生，之後也從沒完完整整念過一本歷史書籍。

她又斟了一杯酒。沒錯，面對這種情況，喝得醺醺然最好，何況這香檳很棒。

「我弟弟和妹妹可以繼續高中學業，我也可以進特拉維夫大學，他們承認部分同等學力。但是我在以色列要做什麼？我一句希伯來文都不會說。我的國家，是法國。」

她的聲音稍稍改變，我感覺她快哭出來了。「我愛法國！……」她的聲音愈來愈像哭腔，「我愛……我不知道……我愛乳酪！」

「我有乳酪！」我像小丑般跳起來，想緩和一下氣氛，跑到冰箱找：沒錯，我買了聖馬塞蘭乳酪、康堤乳酪和高斯藍紋乳酪。我也打開一罐白酒，她一點都沒注意我。

「而且……我不要我們之間就這樣斷了。」她說，然後哭起來。我站起來，把她抱在懷裡，我不知該說什麼。我牽著她到房間，再次抱緊她。她繼續輕聲哭著。

我在清晨四點醒來，這是個月圓之夜，從房間看月亮看得很清楚。梅莉安趴著睡，只穿著一件T恤。兩三分鐘後，一輛雷諾Trafic小貨卡慢慢駛進，停在大樓下方，兩個中國人下車抽根菸，打量著四周，之後又沒任何明顯原因地回到車上，朝著義大利門方向駛去。我回到床上，愛撫著她的臀，她蜷縮著，背部靠著我，沒有醒來。

我將她翻過身來，掰開雙腿開始愛撫；她幾乎立刻就濡溼了，我迎身上去。我抬高她的腿，深深插入，開始前後抽送。人們常說女性高潮很複雜，很神祕；但對我來說，我更不了解自己的高潮機制。我立刻感覺到這一次我能控制，想多持久就能多持久，能夠恣意掌控湧冒上來的歡娛快感。我的臀部靈巧地活動，毫不倦怠，幾分鐘後她開始呻吟，然後大叫，我繼續抽送，直到她陰道肌肉緊縮，夾著我的陽具，我緩緩呼吸，不用力，覺得好像能永恆持續下去，之後她吐出一聲長長呻吟，我躺在她身上，手臂環抱著她，她哭著重複說：「心愛的……心愛的……」

❖

五月二十二日　星期日

我在八點時再次醒來，燒了一壺咖啡，又躺下；梅莉安規律地呼吸，她的呼吸聲比咖啡滲濾的輕微響聲還要慵懶。天際浮動著鬆軟的大團雲朵，在我眼裡那些是幸福的雲朵，只是為了更襯托出天空的藍，是孩子畫一幅理想鄉間小屋，有著冒煙的煙囪、一方草地、開滿花的花園，一定會有的那種白色雲朵。我不知道哪根筋不對，倒了第一杯咖啡之後，轉到iTélé電視台，聲音調得太大聲，我花了一陣時間才找到遙控器，按下靜音。太遲了，她被吵醒了；她跑到客廳沙發上挨著我，身上還是只穿著T恤。我轉回聲音，我們安詳的時刻結束了。「社會黨」和「穆斯林兄弟會」之間的協議昨夜被披露於網路上。不管是iTélé、BFM或是LCI，每台都在講這個消息，還特別專題報導。目前「社會黨」候選人曼努耶·瓦爾斯尚未發表任何言論，穆罕默德·賓阿貝將在十一點召開記者會。

胖乎乎笑嘻嘻的「穆斯林兄弟會」候選人屢屢狡猾閃躲記者的提問，完全不提他是「巴黎綜合理工學院」最年輕的畢業生，之後進到「國家高等行政管理學院」（ＥＮＡ），和右派大老洛朗．瓦奎茲（Laurent Wauquiez）是同一年納爾遜．曼德拉（Nelson Mandela）那屆畢業。他提到的倒是他父親在街角的突尼西亞小雜貨店——他父親以前的確開過的雜貨店，但雜貨店是在富人區塞納河畔納伊，不是在窮人區十八區，更不是在問題叢生的郊區貝松鎮或阿讓特伊鎮。

他特別強調，他比任何人都受惠於法蘭西共和體制中量才錄用的精神，努力就能出頭；因此，他比任何人都不想破壞這個栽培他、乃至於讓他能參選全民投票的總統這最高殊榮的制度。他說到雜貨店樓上的那間小公寓，小時候在家裡寫作業；他也稍稍提到父親，不多不少剛好挑動大眾情感；我覺得他的演說完美至極。

然而，他接著說，我們必須承認，時代變了。愈來愈多家庭——不管是猶太教徒、基督徒、回教徒家庭——都希望孩子的教育不只侷限於學識，而要能加入符合他們傳統價值的宗教精神教育。這個橫掃當今社會的回歸宗教趨勢，具有深長的意義，我們的國家教育不能忽略這一點。因而，我們應當擴充公立教育的範疇，使我們的國家教育能夠和諧包容融入各個偉大宗教精神傳統——不管是回教、基督教，或是猶太教。

他這種溫和討好的演說持續了十幾分鐘，之後開放記者發問。我很早就已經察覺到，最強悍、最尖銳的記者，一遇到穆罕默德．賓阿貝都好像被催了眠，軟化了。我覺得有一些敏感的問題應該可以問他，例如：男女合校就因此消除嗎？教師們都要改信回教嗎？然而，回過頭想想，基督教學校不就是這樣嗎？在基督教學校教書要不要皈依基督教？仔細想想，我才發覺我根本不知道，當他演說完畢時，我明白我的這種情況恰恰是這位回教候選人精心營造的：一種廣泛的疑慮，好像沒什麼好警戒的，也沒真正改變了什麼。

瑪琳．勒朋（Marine Le Pen）在十二點三十分開始反擊。她精神抖擻，頭髮剛做好，在巴黎市政府前面，以微仰角拍攝，出現在鏡頭上看起來幾乎算美麗——和她以前螢幕上的形象差很多：自從二〇一七年大選之後，「民族陣營」的女候選人相信，要坐上司法最高權威的總統寶座，必須像安格拉．梅克爾（Angela Merkel），所以拚命學著德國女總理那令人可厭的威嚴模樣，甚至連穿的套裝式樣都學。但是五月這個早晨，她似乎重新顯得神采飛揚，展現出「民族陣營」初始的革命激情。謠傳說她的演講稿好一陣子換由荷諾．卡繆（Renaud Camus）執筆，再經由「民族陣線」副主席菲里波（Florian Philippot）檢閱。我不知道這謠傳是否屬實，但她的發言的確進步很多。一開始，我就訝異於她演說裡共和國的調調，甚至明顯反聖職的立場。她不再繞著茹費理[29]那些老掉牙的說法打轉，而更往上溯到貢多塞[30]，引述了貢多塞一七九二年在立法院那席難忘的演說，演說中他提及埃及人、印度人「這些使人類文明前進一大步的民族，一旦由宗教強勢接管人民的教育，便墮落到最令人汗顏的無知粗莽」。

「我還以為她是天主教徒……」梅莉安說。

「我不知道，反正她的基本選民不是天主教徒，『民族陣線』從來都無法打進天主教徒圈，他們太悲天憫人，對第三世界充滿溫情。所以她只好調整方向。」

她看看手錶，做了個疲憊的手勢。「我得走了，弗朗索。我答應爸媽和他們一起吃午飯。」

「他們知道妳在我家？」

「知道，他們不會擔心，但是會等我吃午飯。」

29　譯注：茹費理（Jules Ferry, 1832-1893）：法國現代教育制度之父，擔任教育部長期間，推動教育無宗教性。然而擔任總理期間，他的殖民擴張主義引起爭議，他認為殖民是優等種族的權利與責任，優等種族應該開化低等種族。

30　譯注：貢多塞（Condorcet, 1743-1794）：法國哲學家、數學家，十八世紀啟蒙運動代表人物。法國大革命後，他是法蘭西第一共和國的重要奠基人。

我去過她父母家一次，在我們剛開始交往的時候。他們住在「繁花社區」裡一棟獨棟房子，在博尚地鐵站後面。她家有個車庫、工作間，我們會以為身在不管哪一個外省小城，只除了不會在巴黎市。我記得黃水仙盛開的季節，我們在草地上吃飯。他們對我很和藹，好客熱情——也不顯出過度重視我，這是最好的。她父親打開一瓶教皇新堡葡萄酒時，我突然意識到，已過了二十歲的梅莉安，還是每天晚上回家和父母一起吃飯，協助弟弟寫作業，和妹妹一起去買衣服。他們是一個族群，一個團結的家庭族群，和我自己所認識的家庭相差如此之大，我好不容易才壓抑下自己的啜泣。

我關掉電視聲音；瑪琳．勒朋的動作更大了，手握著拳在空中亂擊，一忽兒又陡然敞開雙臂。梅莉安當然會和父母一起前往以色列，她不能不這麼做。

「我真的希望很快回來，你知道……」她說，就好像讀到我心裡所想似的。「只待幾個月，等法國的情況沉澱。」我覺得她有點過度樂觀，但什麼也沒說。

她穿上裙子。「現在情勢變成這樣，他們一定很得意，一整頓飯都會聽到『女兒啊，我們不早說了嗎……』，是啦，我爸媽人很好，他們覺得這樣做是為我好，我知道。」

「是啊，他們人很好，真的很好。」

「那你呢，你要怎麼做？你覺得大學裡的情況會怎樣？」

我送她到門口；老實說，我意識到自己根本不知道接下來會怎樣，也意識到其實我根本不在乎。我溫柔地親吻她的唇，回答說：「我沒有以色列祖國可去。」這想法很粗陋，卻一點也沒錯。之後她消失在電梯裡。

❖

過了幾個鐘頭之後，太陽落在幾棟大樓之間，我才又清醒過來，意識到自己、意識到目前的局勢、意識到所有的一切。我的思緒進入一個猶疑而灰暗的區域，覺得悲傷得快死了。我不斷想起於斯曼《家庭》裡的那些句子，糾纏不去，此時我痛楚地意識到自己甚至沒提議梅莉安可以留下來搬到我家一起住，但立刻又發現問題其實不在這兒，反正她父母也願意幫她租個房間，我這公寓只有一房一廳，房間和客廳都很大，但終究是一房一廳，住在一起必定在短時間之內就扼殺一切性的慾望，而我們還太年輕，撐不過無性生活。

在比較古老的年代，人們組織家庭，也就是說生了孩子之後，還待在一起幾年，把孩子養大成人，之後返回造物主身邊。但現在，要到差不多五、六十歲才是適合成家的年紀，身體老化、多病痛，只想有個熟悉的伴，感覺安心，無欲無求。也是到了這個年紀，像「畢帝荷諾出軌私房菜」電視節目宣揚的地方風味料理全然取代了其他享受。我興起寫一篇投給《十九世紀研究文刊》文章的念頭，分析在經過漫長無趣的現代化時代之後，於斯曼當年幻想破滅的結論又成為主流，尤甚以前任何一個時代，光看每個電視台推出各色各樣的美食節目都大受好評就能窺知，尤其是地方特色料理；隨後我又發覺自己毫無一點精力和慾望想文章，儘管是在《十九世紀研究文刊》這種小眾雜誌上發表。同時間我也難以置信地愕然發覺，電視還開著，還是iTélé。我取消靜音：瑪琳．勒朋早就結束發言，現在成為所有評論的中心。報導中說她號召下週三在香榭麗舍大道上舉辦一場大遊行。她並不準備向警方申請遊行許可，如果警方禁止，她預先警告遊行「無論如何」都會舉行。演講最後她引用一七九三年「人權與公民權宣言」中的一句：「當政府剝奪了人民的公民權利時，對一部分或整體人民而言，起義反抗是最不可或缺的義務。」「起義反抗」這四個字當然引起許多評論，甚至令人意外地引出歐蘭德（François Hollande）打破已持續很長一段時間的靜默。現任總統兩屆滿意度極低的任期，第二任當選更只是得利於制衡聲勢愈來愈高漲的「民族陣營」這種卑鄙策略才僥倖當選，幾乎已不再公開發言，大部分的媒體甚至好像忘了他的存在。在總統府愛樂舍宮前的門階上，面對出席的十來位記者，他以「共和秩序的最後一道防線」自居，現場有幾個人笑了出來，笑聲短暫但聽得很清楚。十幾分鐘後，換法國總理出面發言，他滿臉通紅，額頭冒出青筋，好像腦充血快中風，警告所有不遵守民主平等規則的人，都將被視為法外之徒。唯一保持沉著冷靜的是穆罕默德·賓阿貝，他捍衛集會遊行的自由，並邀請瑪琳·勒朋進行一場政教分離的辯論——根據大部分評論家的看法，這一招高明，因為幾乎可確定她不會接受辯論邀請，卻能加強他凡事有節度又樂於溝通的形象。

我看得有點厭煩，不免亂按選台器，看到肥胖症實境秀，最後終於關掉電視。政治事件影響到我個體私人的生活，這讓我恐慌，也覺得有點厭惡。我也意識到，很多年來，以人民的名義發聲的政客、記者和人民之間的距離愈來愈大，乃至於成為一道鴻溝，必定會導致混亂、暴力、不可預測的亂象。法國，如同其他西歐國家，長久以來就導向內戰，這是不爭的事實；但是直到這幾天之前，我還認為泰半的法國人民都逆來順受且麻木不仁——無疑是因為我自己也差不多是逆來順受且麻木不仁。我想錯了。

梅莉安星期二晚上才打電話給我，已過了十一點；她聲音清爽，似乎對未來的信心都回來了：據她看，法國情勢很快會平穩下來——這我倒很懷疑。她甚至相信沙柯吉會捲土重回政壇，大家會把他視為救世主。我覺得這不可能，但沒心情點明她的謬誤；我認為沙柯吉徹底死了心，二〇一七年之後就會和生命中這段政治生涯告別。

她隔天一大早要搭飛機，因此她離開前我們不可能再見面，她還有好多事要做——首先要整理行李，將一生縮減為三十公斤的行李並不是容易的事。我已有心理準備，但掛電話時心裡還是微微一緊。我知道往後我將會非常孤獨。

❖

五月二十五日　星期三

然而次日早晨，當我搭地鐵去大學時，心情幾乎是輕鬆愉快——前幾天的政治情勢，以及梅莉安的離開，就像是一場不愉快的夢，一個能及時修正的錯誤。走到桑特伊街，發現通往教學樓的鐵柵欄門緊緊關著，我吃了一驚——通常早上七點四十五分警衛就會打開鐵門。幾個學生等在門口，我認出裡面還有我二年級的學生。

直到八點半，一名警衛才出現，是總祕書處派來的，他站在鐵柵欄門後告訴我們今天大學不開放，直到新指示下達為止。他沒有任何消息可傳達，請我們各自回家，還說將會發給「個別通知」。警衛是個黑小子，沒記錯的話是個塞內加爾人，我們認識好幾年了，我還滿喜歡他。我正要離開，他拉著我的手臂把我帶到一旁，告訴我校職人員都說情況很嚴重，真的很嚴重，大學應該會關閉好幾個星期。

瑪莉—弗朗索絲或許知道什麼內情；早上我試了好幾次想聯絡她，都沒找到。到了下午一點半，剩下最後一招，我只好打開 iTélé。「民族陣線」號召的遊行已經有許多人抵達現場，協和廣場和杜勒麗花園擠得人山人海。根據主辦單位表示，參加人數有兩百萬人，警方公布的數據是三十萬人。無論如何，我從沒見過那麼多人聚在一起。

一朵巨大的積雨雲像鐵砧一般壓在巴黎北方上空，從聖心堂到歌劇院，暗灰色的雲邊鑲著茶褐色。我眼光轉回電視螢幕，龐大的人群萬頭攢動，眼光再轉回天空。暴風雨雲似乎緩緩往南移，如果暴風雨在杜勒麗花園上空爆發的話，勢必影響到遊行的進行。

兩點整，由瑪琳．勒朋領頭的遊行隊伍開始走上香榭麗舍大道，往凱旋門方向，她預定三點在凱旋門下發表一場演說。我轉靜音，繼續看著畫面。香榭麗舍大道上橫拉著一幅巨大的布條，寫著「我們是法國人民」。人群中處處有人舉著小標語牌子，上面寫的更簡單：「這是我們的國家」——這個明明白白且不具太大攻擊性的句子，成為「民族陣營」支持者集會時的口號。暴風雨威脅依舊在，巨大雲層似乎懸著，在遊行隊伍上方靜止不動。幾分鐘後我不耐煩了，重新埋頭看《擱淺》。

瑪莉─弗朗索絲在傍晚六點過後不久打電話來；她也沒什麼情報，「全國大學委員會」昨天召開會議，但沒有任何資訊洩漏出來。反正她確定直到大選，大學都不會開放，甚至會關閉到下學年開學——期末考可以延到九月再舉行。整體來說，她覺得局勢很嚴重，她先生顯得憂心忡忡，這個星期以來，他每天在「國家安全總局」上班十四個鐘頭，昨天還睡在辦公室。她掛電話之前答應我，有進一步消息會通知我。

家裡什麼吃的都沒了，我也不想去「佳喜樂大超市」買東西，傍晚時分是這個居民眾多的區域最糟糕的買菜時段，但是我餓了，真想去買點吃的，白醬燉小牛肉、細葉芹鱈魚片、柏柏爾千層茄子，那些微波調理包保證無滋無味，但是包裝多彩歡樂，跟於斯曼那些多苦多難的悲苦人物比起來，還是一個真正的進步；調理包看起來完全沒有惡意，參與這個大眾飲食經驗雖然結果令人失望，卻人人平等，為大眾的默默忍受開啟一條新的道路。

很奇怪，超市裡幾乎沒人，我既興奮又害怕地很快裝滿購物推車，不知什麼原因，「宵禁」這個字眼閃過腦際。一排女收銀員坐在沒客人的收銀台後，當中幾個聽著小型收音機：聽起來遊行繼續進行，目前並未爆發出意外衝突。我心想，衝突是人潮解散的時候才會發生。

我走出商場時，暴風雨爆發了，很猛烈。回到家，我把馬德拉醬牛舌稍微加熱，吃起來像橡膠，但味道還可以，我打開電視：衝突暴動已經開始，看到一群一群戴著面具的人，動作迅速，手持槍枝和衝鋒手槍；商家櫥窗被打破，汽車被焚燒，大雨下拍攝的這些畫面，畫質很糟，難以真正搞清楚實際狀況。

第三部

❖

五月二十九日　星期日

我清晨四點醒來，頭腦清晰，精神抖擻：我仔細地準備行李，裝了一個小醫藥包，一個月的換洗衣物；甚至還翻出健走鞋，那是一雙美國製的高科技健走鞋，從來沒穿過，一年前買的時候，一心以為自己會投身健行運動。我也帶了手提電腦、一堆高蛋白棒、一個電壺、即溶咖啡。我的車子毫無困難就發動了，出巴黎的各城門都沒車，六點鐘時我已接近杭布耶了。我根本沒有計畫，也沒有特定的目的地，只模糊感覺往西南方去比較妥當；若是法國爆發內戰，要延及到西南部可能花的時間比較長。老實說，我對西南部根本不熟，只知道那地區的人吃油封鴨腿，而油封鴨腿和內戰似乎不太相合。不過，我也可能搞錯。

大致上來說，我對法國也不熟。我在巴黎典型的富人郊區梅松拉菲德度過童年和青少年期之後，就一直定居巴黎，從未離開過；理論上來說我是法國公民，卻從沒真正遊覽過這個國家。我曾有點想這麼做，我的福斯 Touareg 足以為證，它和健走鞋是同一時期買的。這輛車馬力很強，一個四．二升V8高壓共軌直噴引擎，時速可超過兩百四十公里；專為跑高速公路設計的車款，衝勁十足。我買的時候想必曾想像週末可以驅車到森林小路上越野狂衝；結果根本沒出現這樣的機會，星期天我頂多到慣常去的喬治布哈桑公園裡的古書市場晃一圈。偶爾，幸好有這偶爾，星期天用來做愛——基本上是和梅莉安。若不是偶爾和梅莉安做做愛，我的生命一定平淡晦暗。我停在沙托魯交流道過後的千池塘休息區，在休息區的「可頌坊」買了一塊特濃巧克力餅乾和一大杯咖啡，坐到車上吃這份早餐，一邊想著我的過往，也可說什麼都沒想。停車場居高臨下，正好望見四周鄉野，除了幾頭可能是夏洛列種的牛之外，一片空曠。現在天色已大亮，但下方草原上還籠罩著一層薄霧。丘陵起伏的風景還算美麗，但放眼望去沒看到一座池塘，連條小河都沒有。關於未來啊，我覺得現在想這個問題不妥。

我打開車裡的收音機，投票已經開始，到目前為止一切正常。歐蘭德已經在他的「科雷茲省票倉」投完了票。以這麼早的時間來看，目前投票率算是很高的，比前兩次總統大選都要高。一些政治評論家預測高投票率將有利於「掌權政府黨派」，吸取極端黨派的票源；另一些同樣著名的評論家言論卻正好相反。總之，目前還無法對投票率做出任何結論，而且聽收音機也還太早。我關掉收音機，駛離休息站停車場。

離開休息站沒多久，我就發現車子油錶指針很低，剩差不多四分之一缸；剛才應該在休息站加滿油的。我同時也發現，高速公路上不尋常地空。星期天早上高速公路多半空蕩蕩，這是現代社會喘息、舒緩的一天，也是社會的組成分子短暫地錯覺擁有個人存在的一天。但是，我開了一百公里，沒被超車，也沒看到對向來車；我只閃開了一台駕駛累得快暴斃、在右線車道和路肩之間開得歪歪斜斜的保加利亞車牌大貨車。四周一切平靜，我一路沿著被微風吹動的三色風向標往前開；陽光閃耀在牧草地和森林間，像個衷心耿耿的雇員。我又打開收音機，但這次什麼都收不到：我預設的廣播頻道，從France Info、Radio Monte-Carlo、RTL、直到Europe 1，都發出一陣模糊的嗡嗡雜音。我很確定，法國正在發生什麼事件；我大可以以時速兩百公里的速度繼續穿越法國——這可能是最好的解決辦法，既然這個國家一切都不對勁，說不定連測速照相都壞了——以這個速度來看，我大約下午四點就可以到達榮凱邊境哨，一旦到了西班牙，情況就不一樣了，也就更遠離了內戰，這倒可以試一試。只不過車快沒油了，沒錯，這是第一個要解決的問題，相當緊急，遇到下一個加油站我就得停下加油。

下一個遇到的休息站是佩許蒙妲。這個休息站不太吸引人，告示招牌上標示：未設餐廳、不販賣地方特產。真是個極簡的休息站，只賣汽油。但是我不能等到五十公里外的羅河花園休息站。我想可以先在佩許蒙妲休息站加滿油，之後再去羅河花園休息站停留一下，買買鵝肝醬、卡貝庫乳酪、卡奧爾葡萄酒，晚上在西班牙布拉瓦海岸的旅館房間裡享用；這是一個整套的計畫，有意義的計畫，一個可實現的計畫。

休息站停車場上一片空蕩，我立刻察覺到有點不對勁；我將速度減到最低，緩緩駛近加油站。加油站的小商店櫥窗被砸破，玻璃碎片散落一地。我走下車，靠近看看，小商店裡面的冷飲櫃也被砸破，報架被推倒在地。我看見女收銀員倒在地上一攤血泊之中，雙臂緊握胸前，似乎曾試圖抵抗。四下一片沉寂，我走向加油幫浦，但被切斷輸送了，必須要從收銀台那裡重新打開輸送。我又走回小商店，勉強跨過屍體，但是找不到重新輸送汽油的控制開關。我遲疑了一下，在櫃架上拿了一個鮪魚生菜三明治、一瓶無酒精啤酒，和一本米其林導遊書。

導遊書裡介紹的本區旅館，最近的一家是「凱西驛站」，位於馬特爾；我只要順著八四〇省道走，十幾公里就到了。發動引擎朝休息站出口開去時，我好像瞥見貨櫃車停車場那裡有兩具軀體躺在地上。我走下車，靠近一看：是兩個北非年輕人，一副郊區年輕人特有的裝扮，被槍殺了；他們並沒流很多血，但千真萬確死了，其中一個手裡還拿著一把衝鋒式手槍。這裡到底發生了什麼事？我試著調整收音機頻道，這一次還是一陣模糊的嗡嗡雜音。

省道一路暢通，穿過森林美景，十五分鐘後我就到達馬特爾。一路上還是沒遇到任何一輛車，我開始真的納悶起來；但很快就想到大家都和促使我離開巴黎的原因一樣，因為嗅到大難將至的氣味，於是把自己關在家裡。

「凱西驛站」是一棟白色石灰岩磚大建築，有兩層，和村子隔著一段距離。鐵柵欄門打開時發出輕微的嘎吱聲，我穿過一片小碎石地，踏上幾階台階進到接待櫃台，櫃台沒人。櫃台後面牆上掛著房間鑰匙，所有的鑰匙都在。我喊了幾次，一次比一次大聲，還是毫無動靜。我走出來，建築物後方是一個露天平台，四周長滿玫瑰花叢，上面擺著小圓桌和雕花金屬椅，應該是客人吃早餐的地方。我順著一條兩旁是栗樹的小徑往前走了五十來公尺，通到一片可環視周遭鄉村風景的草地，上面的長躺椅和遮陽傘等待著可能前來的客人。我觀賞了幾分鐘風景，丘陵起伏一派寧靜，之後我又往回走向旅館。正當我走回露天平台時，一位婦人走出建築物，是位四十多歲的金髮婦人，穿著一件灰色毛織長袍，頭髮圈在無邊軟帽裡；看到我她嚇得驚跳了一下。「餐廳不營業！」她防衛地劈頭就說。我跟她說我只是來住房。「我們也不供應早餐！」她在明顯不甘願地承認還有空房之前，特別強調這一句。

她帶我上到二樓，打開一個房間的門，遞給我一張小紙條，說：「鐵柵欄門晚上十點關閉，若超過這時間才回來，需要按這個密碼。」她交代完沒多說一個字就走了。

打開護窗板，房間還不算太糟糕，只除了壁紙，黯淡的紫紅色，印著打獵的場景。我想看看電視，沒有一台有訊號，只出現一堆畫素雜紋。網路也不通：電腦顯示有幾個Bbox或SFR開頭的網路，可能是村子居民家的，但沒有一個是「凱西驛站」的網路。我在抽屜裡找到的一張住宿資訊上，詳細介紹村子周邊的觀光景點，並且介紹凱西地區的美食；但沒有關於網路的任何資訊。上網或許不是這個旅館大部分的客人所在意的。

我打開行李，把帶來的幾件衣服掛在衣架上，把電壺和電動牙刷插上電，打開手機一看沒有任何留言，我開始自問自己在這裡做什麼。這個很空泛的問題，不管是誰、不管在哪裡、不管在生命中哪個時刻，都可能冒出來；但必須承認，單獨旅行的人更容易想到這個問題。如果梅莉安在我身邊，老實說我可能不會有特別理由來到馬特爾，這個問題也很可能根本不會出現在我的腦際。一對伴侶就是一個世界，一個獨立封閉的世界，在一個比較廣大的世界裡游移，卻無法真正觸摸到廣大的世界。因為隻身一人，我已千瘡百孔，把住客資訊那張紙塞進外套口袋，稍微鼓起勇氣出門看看村子。

「領事廣場」中央有一座穀物市場，看起來很古老，我對建築毫無所知，但圍繞廣場四周那些漂亮的金黃石頭房子，一看就知道是好幾個世紀前建的，我在電視上看到過像這樣的房子，通常是史戴凡．伯恩（Stéphane Bern）主持的那類節目，這些房子和電視畫面看到的一樣漂亮，甚至有過之而無不及，其中有一棟很大，幾乎像宮殿，有拱廊、尖拱、小圓塔，我靠近一看，在標示上讀到這座「黑孟迪豪宅」建於一二八〇至一三五〇年之間，原屬於杜爾納子爵（vicomte de Turenne）所有。

整個村子風格一致，我沿著饒富特色且空無一人的小街道，一直走到聖摩爾教堂，建築高大，幾乎沒有窗子，是一座防衛式的教堂，為了抵禦叛教徒的攻擊而建，住宿資訊紙上寫著，本區有很多這種形式的教堂。

通到村子的八四〇省道，繼續通往羅卡馬杜爾。我以前就聽說過這地方，是個旅遊景點，米其林導遊書給了好幾顆星，我甚至懷疑自己是不是早在史戴凡．伯恩節目上看過羅卡馬杜爾，不過距離這裡還是有二十公里；我選擇了另一條更小的蜿蜒省道，開到了聖德尼馬特爾。一百公尺外，我看到一個小小的塗漆木頭崗亭，是販賣沿多爾多涅河谷行駛的蒸汽遊覽小火車票的票亭。這挺有意思的，不過還是結伴比較好玩，我帶著黯淡的愉快不停地對自己說。反正，票亭裡沒人。梅莉安已經抵達特拉維夫好幾天了，想必已去大學詢問了註冊事宜，說不定還領了申請表，又或是她只忙著到海邊玩，她向來很喜歡海邊，我想到我們從沒一起旅行過，我對選擇地點、預訂這類的事很不在行，我號稱喜歡八月的巴黎，事實只是我無法離開巴黎。

右邊有條泥土小徑沿著鐵軌。我在茂密森林間緩緩往上走了一公里後，來到一個觀景平台，還有一個方位展示台；旁邊豎立了一個老式相機的圖片標示，提醒到了此處切莫忘記遊客本分。

多爾多涅河在下方淌流，夾在兩側高度超過五十公尺的陡峭石灰岩懸崖之間，追隨著它暗無天日的地理命運。我在一個標示解說牌上讀到，這一區早在最遠古時便出現居民，克羅馬儂人漸漸驅趕尼安德塔人，後者退避到西班牙，後來終至絕跡。

我在懸崖邊坐下，試著讓自己沉陷在專注凝視風景的狀態，但沒什麼成效。過了半個鐘頭，我拿出手機，按了梅莉安的號碼。她聽起來有點驚訝，但很高興聽到我的聲音。她跟我說一切都好，他們租的公寓很舒適、採光好、在市中心；沒有，她還沒開始著手大學註冊的事；我呢，我過得怎麼樣？很好，我撒著謊回答；但是我還是非常想她。我要她一定答應寫個長長的郵件，巨細靡遺地敘述一切，盡早傳來——說完我才想到我沒有網路。

我向來很討厭在電話裡模仿親吻的聲音，年輕的時候就已經做不來，現在過了四十歲更覺得超級滑稽；但現在我卻是強忍著不做，一掛上電話，我立刻被一陣尖銳的孤寂包圍，我明白自己再也不會有勇氣打電話給梅莉安，電話中她近在咫尺的感覺太過強烈，隨後撲來的空虛又太過殘酷。

我試著讓自己對周遭美景燃起興趣，這努力明顯失敗了；我繼續硬撐了一會兒，開車駛回馬特爾時，夜色已降。遠古的克羅馬儂人獵捕長毛象和馴鹿維生，現今的人有「歐尚超市」和「勒克萊爾超市」兩個選擇，二者都位在蘇亞克市。村子裡唯一的店是一家麵包店——打烊了——和「領事廣場」上一家咖啡館，看起來好像也打烊了，店外沒擺上一張桌椅，但是裡面透出一點微弱的光亮，我推門走了進去。

裡面坐了四十幾個男人，一片無聲，盯著咖啡館後方牆上高掛的電視螢幕上的ＢＢＣ新聞。沒有人注意到我。這些人顯然是地方父老，幾乎都是退休人士，其他幾個看起來像幹苦力活的人。我已經很久沒機會說英文，電視上的評論員說話太快，我沒聽懂多少；說實話，其他看電視的人好像也沒好到哪兒去。螢幕上是一些不相干的畫面——在米盧斯、特拉普、斯坦、歐里亞克各城市拍攝的，有多用途表演廳、小學、空無一人的體操室。一直等到曼努耶．瓦爾斯的發言——在總理辦公的馬提尼翁府前方階梯上拍攝，光線太強了害他顯得面色蒼白——我才知道發生了什麼事：法國各地共有二十幾個投票所下午受到武裝小群體攻擊。目前沒有任何傷亡，但是投票箱被劫；尚未有任何團體承認策畫這些行動。在這種情況下，政府別無他法，只能中斷投票。晚間將召開緊急會議，政府首長將公布因應措施。他乾巴巴地下結論：共和國法律就是力量。

❖

五月三十日　星期一

我早上快六點鐘醒來，發現電視又能看了，iTélé收訊很差，BFM畫質卻相當清晰；所有節目當然都關注於昨天發生的事件。評論家們指出，這是民主程序中的一大弱點，因為選舉法規明令規定，全法國只要有一個投票所出問題，整個選舉就必須視同作廢。他們也指出，這是第一次有小群搗亂分子針對這個弱點下手。昨日晚間，總理宣布重新投票將在下星期日舉行；這一次，將派出軍方看守所有投票所。

針對這個事件在政治版圖上的影響，評論家們論調全然不一，我一早上聽著他們互相衝突的發言之後，拿了一本書到樓下花園裡。於斯曼的時代也不乏政治衝突：無政府恐怖活動出現，還有由「孔布小教士」[31]政府主導的反教會行動，以今日眼光來看激烈暴力至駭人的程度，政府甚至下令掠奪教會財產，並解散各地修會。解散修會尤其影響到於斯曼，迫使他必須離開隱修的利吉格修道院；但是他的作品幾乎沒談到多少這些事，基本上，他似乎對政治問題完全不感興趣。

我一直很喜歡《擱淺》的某個章節：主角德塞森特一讀再讀了狄更斯的小說之後，計畫到倫敦旅遊，卻身陷阿姆斯特丹一家小酒館，無論如何都離不開餐桌。「對旅行極端厭惡，一股安安靜靜待著不動的慾望強迫著他……」我至少還成功地離開了巴黎，我至少還來到了洛特省，我凝視著被微風吹動的栗樹枝，心裡這麼想。我知道最困難的部分已經達成了：一個獨自旅行的旅人最開始是引起大家的戒心，甚至敵意，但漸漸地大家習慣了他，不管是旅館或餐廳業者，會漸漸覺得他也只不過是個有點怪但無害的人。

的確，下午我回房間時，旅館女經理帶著比昨天稍多的熱度向我問好，告訴我晚上旅館餐廳恢復營業。有新客人入住，一對六十幾歲的英國夫婦，先生看起來是個高級知識分子，說不定是大學教授，是那種無論如何都要造訪最偏僻的小教堂、對凱西區的古羅馬藝術和穆瓦薩克流派（école de Moissac）問題瞭若指掌的人，這種人不會惹什麼麻煩。

31 譯注：「孔布小教士」（petit père Combes）是以孔布（Émile Combes, 1835-1921）為首的政府主流派。孔布原先接受教會教育，拿到教士資格，後來走入政治，擔任議會會長，大力提倡反教會。

iTélé和BFM上反覆討論這個事件對總統大選第二輪造成的影響。「社會黨」黨團正在開會，「穆斯林兄弟會」黨團正在開會，連右派「人民運動聯盟」也認為需要開開會。記者們在三黨總部所在的索爾菲林諾街、伏吉拉爾街、馬勒賽爾布大道來回交叉連線報導，把他們完全沒有掌握真正資訊的實情隱藏得還不錯。

我傍晚五點出門：村子裡似乎慢慢恢復人氣，麵包店開著，行人穿過「領事廣場」，他們的模樣差不多符合我想像的洛特省小村子的居民。「運動咖啡館」裡客人稀疏，對政治現狀的好奇似乎已熄滅，咖啡館後方的電視轉到iTélé的蒙地卡羅運動台。我正喝完啤酒，突然聽到一個好似熟悉的聲音。我轉過身：瑪莉—弗朗索絲的先生亞倫．譚諾正在咖啡館櫃台買一盒小雪茄；他腋下夾著一個麵包店的袋子，裡面冒出一根鄉村長棍麵包。他也轉過身來，驚訝的表情使臉變成圓形。

稍後，我又叫一杯啤酒，跟他解釋我來到這裡完全是巧合，並描述了我在佩許蒙妲加油站看到的事。他專心聽著，沒有露出驚訝的樣子。「我早就懷疑……」我說完之後他說：「我早就懷疑除了攻擊投票所之外，還有媒體沒報導的其他衝突暴動，而且全國各地一定還發生很多起……」

他出現在馬特爾完全不是偶然。他在這裡有一棟房子，是父母留下來的，他本就打算退休後搬來這裡定居，現在是決定盡快搬來了。如果「穆斯林兄弟會」候選人當選，瑪莉—弗朗索絲絕對無法保住職位，在伊斯蘭教大學裡，女人絕對不能擔任教師，完全不可能。至於他呢，他在「國家安全總局」的工作呢？「我被辭退了。」他怒氣沖沖地說。

「我星期五早上被辭退了，我和我的工作小組。」他接著說：「事情來得很快，我們得兩個鐘頭之內清空辦公室。」

「您知道原因嗎？」

「當然知道！當然，我知道原因……星期四我交給上級一份報告，上面指出全國各地可能會有突發事件爆發，目的是要干擾投票正常舉行。上頭什麼行動都沒有，然後我第二天就被辭退。」他停了一下，讓我消化一下聽到的資訊，然後下結論：「所以呢？……所以您覺得我們可以得到什麼結論呢？」

「您的意思是政府希望投票程序中斷？」

他緩緩點頭。「我無法在調查委員會面前證實……因為我的報告並不是完全準確。譬如說我以蒐集到的資料來看，我相信事情會發生在米盧斯市，或是米盧斯市的周邊，但是我完全無法準確說出會是在米盧斯二號、五號，還是八號投票所……要保護所有投票所又必須動用大批警力；所有有可能受到威脅的投票所也都一樣。我的上級大可以說這不是第一次『國家安全總局』反應過度；總之，他們放手沒管是可以原諒的錯誤。但是我堅信，我再重複一次，我堅信根本不是這樣……」

「您知道這些是誰幹的嗎？」

「正和您能想像的一樣。」

「認同運動分子？」

「認同運動分子，沒錯，一半是他們。另外一半是年輕的回教聖戰士（djihadiste），兩方人數一半一半，不相上下。」

「您認為他們和『穆斯林兄弟會』有關聯？」

「不。」他堅定地搖搖頭。「我花了十五年時間調查這一點，從來沒發現他們之間有什麼關聯或接觸。聖戰士是走上歧途的薩拉菲派分子，以暴力代替傳道，但骨子裡終究是薩拉菲派，對他們來說，法國是**忤逆褻瀆真神的土地**（dar al koufr）；對『穆斯林兄弟會』來說則相反，法國是**信仰真神的潛在土地**（adar al islam）。尤其，對薩拉菲而言，只有真神具有權威，任何世俗的代表都已是褻瀆，所以從未想過要成立或支持任何一個政黨。話雖如此，那些年輕的回教激進分子儘管被國際間的聖戰士所吸引，內心還是希望賓阿貝當選，他們是不太相信他，認為聖戰士是唯一的路，但至少不會阻撓他的競選之路。『認同陣營』對極右派的『民族陣線』的情況也如出一轍。對『認同陣營』而言，唯一一條路就是內戰；但許多認同分子在變得極端之前，曾和『民族陣線』關係密切，所以也不會做出擾亂競選的行動。『民族陣線』和『穆斯林兄弟會』自從成立以來，一直都選擇競選這條路，他們接受這個賭注，認為自己能夠以尊重民主規範的程序獲得政權。奇怪的是，或說好玩的是，前幾天歐洲認同分子和回教聖戰士，兩方都篤定敵手會獲勝——因此他們別無他法，只能以中斷投票程序來阻止敵手當選。」

「那麼您認為本來誰會當選呢？」

「這，我就毫無所知了。」這時他首度放鬆下來，開心微笑。「一直以來有一個傳言，說情治圈能掌握機密的民調數據，從不對外發布。這聽起來有點幼稚……卻也不全是鬼扯，這個傳統一直延續下來。以目前這個情況來說，機密民調數據卻剛剛好和發布的數據一樣：一直到最後都是五五波，差距只有小數點之後的數字……」

我又叫了兩杯啤酒。「您得來家裡吃頓飯。」譚諾先生說：「瑪莉—弗朗索絲一定很高興看到您。我知道她很不願失去大學教職。我呢，我不在意，反正本來兩年後就要退休……當然，這樣的離職方式有點令人不快，但是我退休金一毛不少，這是確定的，無疑還會發一筆特殊的退職撫恤金，我想他們會至少做一點補償，保證我不聲張。」

服務生端來啤酒和一小盅橄欖。咖啡館裡現在客人比較多了，大家講話都很大聲，顯然所有人都彼此認識，有些經過我們桌旁還跟譚諾先生打招呼。我吃了兩顆橄欖，有點猶豫，在一連串事件發展之間，我還是覺得有哪裡不對勁，我想我可以對他說，他似乎對這個問題有些想法，他似乎對很多事都有一些想法。我後悔之前對當前政治都只有片段、表面的注意。

「我不明白的是……」我喝了一口啤酒後說：「那些攻擊投票所的人是什麼意圖。因為反正下星期還會重新舉行投票，並且出動軍方保護；而角力情況也沒有改變，選舉結果同樣無法確定。除非能查到罪魁禍首是『認同陣營』，『穆斯林兄弟會』能夠因此受惠，抑或是回教這邊搞的鬼，那『民族陣營』就能受惠。」

「不，這我能很確定地告訴您：什麼都查不出來，不管是哪一邊幹的，而且也沒有人會去查。不過呢，政治版圖上倒是會有影響，而且很快，或許明天就能看見。第一個假設，是右派大黨『人民運動聯盟』決定和極右派『民族陣線』為了選票結盟。現在『人民運動聯盟』氣數已盡，聲勢直落，但還是可能扭轉局勢，讓『民族陣線』候選人當選。」

「我不知道，我不太相信，我覺得要是這樣，好多年前早就該結盟了。」

「您說的一點都沒錯！」他微笑地大聲說。「剛開始，『民族陣線』花盡心思要和『人民運動聯盟』結盟，和掌政的多數右派連結；但是它一步一步茁壯，民調節節上升，這時候『人民運動聯盟』開始害怕了，害怕的不是『民族陣線』的民粹主義，也不是冠在『民族陣線』頭上的法西斯主義思想——『人民運動聯盟』領導階層根本不在乎借用它幾個國家安全或排外的主張，反正廣大右派選民聽著也順耳，當然現在它的廣大選民愈來愈縮小了；然而，現在『人民運動聯盟』已經成為微不足道的結盟夥伴，他們很怕一旦結盟，就會被盟約對方直接吞滅、吸收掉。更何況，別忘了還有歐洲，『人民運動聯盟』和『社會黨』一樣，一步一步的目的就是法國不再存在，融入歐洲整個聯邦。『人民運動聯盟』的選民當然不願意這樣的結果，但是它的領導階層多年以來都把這個目的隱而不彰。如果他們和公開反歐洲共同體的極右派結盟，就沒辦法繼續堅持融入歐洲聯邦這個目的，那結盟也就功虧一簣。因此，我認為第二個假設更有可能：組織一個共和陣線，『人民運動聯盟』和『社會黨』都和賓阿貝結盟——當然，前提是分配到足夠的政府內閣權力，並商議下次立法委員的布局。」

「我認為這也很困難，怎麼說呢，相當令人訝異。」

「您說的也有理！……」他又微微一笑，搓著雙手，似乎覺得這一切很有意思。「但是，是因為另一個原因才困難：為什麼困難，恰恰**因為**這令人訝異，因為前所未見，至少從二次世界大戰巴黎解放（La Libération）以來從未發生過。左派與右派對立、支撐起政治構局這種情況，我們都覺得不可能打破。然而，事實上，這實行起來並沒有多麼困難：『人民運動聯盟』和『穆斯林兄弟會』之間的差異，甚至比『社會黨』和『穆斯林兄弟會』之間的差異來得少多了。我記得我們第一次見面的時候就談到這個：倘若『社會黨』最終在國民教育這個議題上妥協，倘若最終黨內反種族歧視那一派戰勝了反宗教介入政治的那一派，而和『穆斯林兄弟會』結盟，那是因為他們已經走到絕境，鑽進死胡同底端了。對『人民運動聯盟』來說，事情比較簡單，因為他們更是處於分裂邊緣，況且他們從來不重視教育這個議題，甚至覺得討論這個議題幾乎是怪異。但是，『人民運動聯盟』必須學著和『社會黨』聯手主政，對兩方來說都是絕對革新的情況，和他們進入政壇以來採取的立場正好相反。

「當然還有第三個可能性，那就是什麼都沒發生；沒有達成任何協議，第二輪大選還是按照原來的情勢進行，選舉結果同樣無法確定。某方面來說，這是最可能的假設，但也極端令人憂心。首先，在『第五共和』歷史裡，沒有一次大選結果像這次如此不確定；更令人擔憂的是，決選對峙的這兩黨根本沒有任何執政經驗，不管是全國或地方政務，在政治這個範疇，他們是純然的業餘玩票者。」

他喝光啤酒，閃爍著智慧的眼睛看著我。在細方格花呢外套下，穿著一件polo衫；他和藹敦厚，不抱任何幻想、精明洞察；他想必有訂閱《歷史月刊》（*Historia*），我猜他家壁爐旁邊的書櫃上擺著一冊冊《歷史月刊》精裝合訂本；還可能有許多更深入的書籍，諸如法屬歐洲的內幕歷史、二次世界大戰以來的情報史之類的；他無疑已接受過這些作品的作者訪談，或是退休到凱西區後很快會接受訪談；某些議題他可能必須保密，針對另一些議題卻能侃侃而談。

「那就決定明天晚上來家裡吃飯嘍？」他對服務生做手勢要付帳，然後說：「我去您旅館接您，瑪莉—弗朗索絲一定會很高興，真的。」

夜色籠罩「領事廣場」，夕陽餘暉把金黃色石頭照映出淺黃褐色，我們就站在「黑孟迪豪宅」對面。

「這是個古老的村子，不是嗎？」我問他。

「非常古老。馬特爾這名字也其來有自……大家都知道查理斯．馬特爾（Charles Martel）於七三二年在普瓦提埃打敗了阿拉伯人，一舉中斷了回教徒向北方的擴張。這是一次決定性的戰役，開啟了真正的基督教中古世紀；但是當時情勢並不是那麼分明，侵略者沒有立刻撤退，查理斯．馬特爾繼續在阿基坦地區和他們纏鬥了好幾年。七四三年他又在附近打了一場勝仗，決定建一座教堂以謝天主恩澤，教堂上飾有他的徽章：三把交叉的鐵鎚。教堂附近形成了一個村子，教堂後來被摧毀，十四世紀又重建。沒錯，基督教和伊斯蘭教之間有太多的戰役，自古以來，打仗就是人類的一個重要活動，誠如拿破崙所說，戰爭是**天性**。但我認為，和伊斯蘭和解、結盟的時候到了。」

我跟他握手道別。他有點過度擺出情報人員老手、退休老智者之類的模樣，但是他前不久才被辭退，需要一段時間適應另一個身分，這很可以理解。總之我很高興獲邀次日去他家吃飯，我已經可以確定有上好的波特酒，也對晚餐很有信心，他不是對美食隨隨便便的人。

「明天記得看電視，注意政治新聞……」他離去前跟我說：「我打賭會發生什麼事情。」

❖

五月三十一日　星期二

的確，消息在下午兩點過後不久爆開。「人民運動聯盟」、「獨立民主聯盟」（UDI）、「社會黨」都決定和政府結盟，成立一個「擴展的共和陣線」，支持「穆斯林兄弟會」。新聞電視台的記者們興奮異常，一整個下午不停播放，想知道結盟的條件和內閣部長的分配情況，每一次採訪來賓獲得的回答，不外是政客的利益考量、國家統合的急迫性、修補國家分裂的傷口云云。這一切都在意料之中，完全可以預想得到；意料之外的，是弗朗索・貝魯（François Bayrou）又回到政壇的聚光燈下。他答應支持穆罕默德・賓阿貝，後者答應當選總統的話，將任命他當總理。

這位西南部貝阿恩地區的老政客，三十年政治生涯中，幾乎所有參加的選舉都敗選，在眾多媒體加持下，一生致力於塑造自己高超的形象；定期出現在媒體版面上，手撐著牧羊人的手杖，穿著山地老農夫式的斗篷，背景是牧草地和農田，大都是在西南部的拉普省。在各媒體訪談中，他要塑造的形象就是：**這是個不為利益所動的男人**。

「這點子實在太棒了，貝魯，絕妙無比！……」亞倫．譚諾看到我劈頭就說，渾身上下興奮不已。「我承認沒想到這一招，賓阿貝還真是個高手……」

瑪莉—弗朗索絲以一個明朗的微笑歡迎我，她不只看起來很高興見到我，而且整個人都神采奕奕。看著她在流理台上忙著，套著一條「別吼廚娘了，老闆會吼她的」這種低俗趣味格調的圍裙，讓人很難想像幾天前她還在教博士班課程，講解巴爾札克修改《比阿特麗克絲》（*Béatrix*）這本小說的過程。她做了鴨脖子肉薄酥餅，美味極了。她先生興奮得不得了，一下子打開兩瓶葡萄酒，一瓶卡奧爾，一瓶索甸，後來又想到我一定要喝喝他的波特酒。我目前完全看不出來為什麼貝魯回歸政壇能被稱為一個「很棒的點子」；但是我確信譚諾先生很快就會開始鋪陳他的見解。瑪莉—弗朗索絲和顏悅色地看著他，顯然鬆了口氣，很高興看到先生沒把被辭退當回事，輕鬆地轉換成「關起門的策略家」這個角色——他一定會在本區市長、醫生、代書、本地所有有頭有臉的鄉紳（這種鄉下地方鄉紳的地位很崇高）面前大展鋒頭，他還帶著老字號情報員的光環。他倆退休定居到這兒，會得到最好的加持。

「貝魯最特殊的一點，使他無可替代之處，」譚諾興奮地繼續說道：「就是他十足愚笨，他的政見永遠侷限在他決心無論用什麼方法都要當上總統，其他就沒了。他從來沒有、甚至從來沒假裝有什麼個人見解，這種程度的愚笨，相當罕見。這讓他成為代表人文主義最理想的政治人選，加上他自比亨利四世，自詡為跨宗教的和平對話溝通者；也別忘了，他在天主教徒選民之間聲望很高，他的愚蠢讓他們感到放心。這正是賓阿貝需要的，他最想做的就是體現一種新的人文主義，呈現伊斯蘭是一個團結各方的新人文主義的成熟模式，他宣稱尊重聖經裡提到的三大宗教，這一點他是絕對真誠的。」

瑪莉—弗朗索絲邀請我們上桌吃飯：她準備了蠶豆蒲公英沙拉，上面撒著帕瑪森乳酪薄片，好好吃，害我差點漏聽她先生的話。「真正虔誠的天主教徒幾乎在法國絕跡了，」他接著說：「但是他們還是圍繞著某種道德權威，總之，從一開始賓阿貝就用盡方法想和他們交好，光是去年，他就去了不下三次梵諦岡。他周身帶著出身於第三世界的氣息，贏得保守派選民的好感。賓阿貝和原來的競爭對手、因和托洛茨基分子[32]勾結而重傷元氣的塔里克．拉馬丹[33]

32 譯注：托洛茨基分子（trotskiste）：托洛茨基主義是馬克思主義的延伸，提倡工人力量。

33 譯注：塔里克．拉馬丹（Tariq Ramadan, 1962-）：原籍埃及的瑞士伊斯蘭教著名學者，穆斯林運動的創始人。

相反，他向來避免和反資本主義的左派分子扯上關係；右派的自由主義在『觀念之戰』上得勝，他完全明白這代表什麼意義，年輕一代成為創業人口，今日人人都承認市場經濟是無法逾越的。但是，這位回教領導人最高一招，就是明白大選並不是取決於經濟議題，而是關於價值議題；就這一點而言，右派也顯然會贏得『觀念之戰』，甚至勝之不武就能壓垮左派。關於價值議題，拉馬丹把伊斯蘭教法呈現成一個創新的、甚至革命性的選擇，他恢復伊斯蘭教義傳統的、使人安心的價值——加上一抹異國情調，使它更吸引人。至於家庭價值、傳統道德、乃至於未言明的父權制度重整，在他面前簡直是一條康莊大道，右派沒辦法走這條路，『民族陣線』也不行，要不然就會被六八年學生運動遺老（soixante-huitard）、民主進步黨（progressiste）垂死的木乃伊那些在社會體制裡已全然失血，卻還潛伏在媒體思維裡，動不動就詛咒時道變了、國家充斥著令人作嘔氛圍的人士指責為反動、甚至法西斯；只有他沒有這種危險包袱。左派呢，以反種族歧視作為建構根基，絲毫不敢批評回教領袖，從頭到尾就沒辦法加入戰局，連想都別想。」

瑪莉—弗朗索絲端上油漬羊腿肉，配上炒馬鈴薯，好吃到我開始無法自持。「再怎麼說，他也是個回教徒……」我混亂地提出反對說法。

「沒錯！那又怎樣？……」他盯著我，神采飛揚，「他是個**溫和適度**的回教徒，這是最重要的一點，他一直都如此自許，事實也是如此。把他想成是塔利班或是恐怖分子那就大錯特錯了，他對那些人都只有鄙視。他在《世界報》論壇上發表的文章裡，對那些人除了道德上的斥責之外，我們可以察覺到一絲鄙夷；老實說，他把那些恐怖分子都視為業餘玩票者。賓阿貝是個極為精明的政治家，無疑是繼密特朗（François Mitterrand）之後，法國最狡猾機靈的政治人物，他具有真正的歷史觀。」

「簡而言之，您認為天主教徒不必憂心。」

「不但不必憂心，還應該滿懷希望！您知道……」他抱歉地微微一笑，「我研究賓阿貝已經十年了，可以毫不誇張地說，我是全法國最熟知他的人之一。我一生幾乎都花在監視調查伊斯蘭運動上。我接觸到的第一個案例——那時我還很年輕，還在聖希爾警察學校念書——是一九八六年巴黎恐怖爆炸案，最後查出是真主黨（Hezbollah）策畫的，幕後間接黑手是伊朗。之後有阿爾及利亞恐怖分子、科索沃恐怖分子、和蓋達恐怖組織直接相關的分支、獨立犯案的恐怖分子……以不同的形式行動，從未消停過。所以啦，當『穆斯林兄弟會』成立，立刻成為我們密切關注的目標。好多年的關注之後，我們終於相信賓阿貝的確有一個政治藍圖，甚至是一個雄心壯志的藍圖，和伊斯蘭基本教義派完全不相干。極右派裡很多人都相信，只要回教徒掌握政權，天主教徒必定會被淪為**吉瑪人**[34]的地位，二等公民。吉瑪人的確是伊斯蘭教政權中的一個大原則，但是在實際做法上，吉瑪人的身分有很大的彈性空間。伊斯蘭教幅員廣大，沙烏地阿拉伯施行的伊斯蘭教義和印尼，或摩洛哥的伊斯蘭教義差之千里。至於在法國呢，我確信——我甚至可以打賭——基督教信仰不但不會受到阻撓，對天主教組織和教堂維修的補助金額反而會提高——他們大可以大方，反正阿拉伯石油大國對清真寺的資助金額更為龐大。何況，最重要的一點是，回教徒最防範、最憎惡的，並不是天主教徒，而是祕教組織、去宗教性質、無信仰的唯物主義。在他們眼裡，天主教徒是有信仰的，天主教是聖經中的一個宗教，問題只在於說服這些人往前踏一步，皈依伊斯蘭教：這就是回教對基督教的真正看法，初始以來的看法。」

「那猶太人呢？」我脫口而出，其實本來沒想要提問的。但梅莉安最後那個早晨穿著T恤在床上的倩影、她渾圓的小屁股影像快速穿過我的腦際。我幫自己倒了一大杯卡奧爾葡萄酒。

「啊……」他又微微一笑。「對猶太人而言，當然就比較複雜了。原則上來說，理論是一樣的，猶太教也是聖經裡的宗教之一，亞伯拉罕和摩西也是伊斯蘭教承認的先知，但是實際上，在回教國家，和猶太教信徒的關係一直都比和基督教徒的關係來得困難，何況巴勒斯坦的問題又來火上加油。在『穆斯林兄弟會』內部有一些少數派希望對猶太人展開報復，但我想他們完全不可能得逞。賓阿貝一直盡心盡力和法國猶太教首席（le grand rabbin de France）維持良好關係，或許他會偶爾鬆鬆手讓黨內激進的少數派發洩一下；他真心認為基督教徒圈將會有大量的人皈依伊斯蘭教——而且沒有任何跡象足以證明這不可能——但對猶太人並不抱太大希望。我認為他內心所盼的，是他們自己決定離開法國，移居以色列。總之，我可以向您保證，為了不讓他的個人野心受到絲毫阻撓——非常大的野心——他必須在巴勒斯坦人民眼中維持美好形象。我相當訝異很少人讀過他政治生涯剛開始時所寫的文章——發表在一本冷門的地理政治雜誌上倒是真的。一眼就可以看出，他的參考對象，是羅馬帝國——而建立歐洲體只是實現這千年之前的野心的方法。他的外交大原則，是將歐洲的重心轉往南方，原有的組織，例如『地中海聯盟』，繼續朝原來的目的運作。第一步最可能加入歐洲共同體的應該是土耳其和摩洛哥，接下來是突尼西亞和阿爾及利亞。更長遠來看，還有埃及——埃及國土較大，將有決定

34　譯注：吉瑪人（dhimmis）：伊斯蘭教統治下的猶太教徒和基督徒。

性的作用。同時間，我們可以猜想，歐盟機構——目前這些機構簡直是民主的相反詞——會慢慢轉型為人民公投方式；按照邏輯推論，到最後將是由歐洲全民選舉出一個歐洲共同體總統。在這種情況下，那些加入歐洲共同體人民為數眾多，生育率又活躍的國家，例如土耳其和埃及，將會扮演決定性的角色。我確信，賓阿貝真正的企圖，是到時被選為歐洲共同體的第一位總統——一個擴張範圍、納入地中海沿岸國家的歐洲體。不要忘記，他才四十三歲——儘管，為了取信於選民，他蓄意顯得比較老成，身材保持胖乎乎，故意不染頭髮。就某方面來說，老女人貝特葉爾[35]和她的「歐拉伯」[36]陰謀論並沒有錯，但是她認為歐洲—地中海聯盟和波斯灣石油王國相比，將處於劣勢，這一點就錯了：歐洲—地中海聯盟將成為全球經濟強權之一，完全能夠與之勢均力敵。目前和沙烏地阿拉伯以及其他石油王國的情勢很微妙，賓阿貝準備無限度地好好從這些石油美元中得利，但絲毫不想放棄一丁點自主權。某種意義來說，他是重拾戴高樂（De Gaulle）的野心，那就是一個大法國阿拉伯政治，我可以跟你保證，他可不缺結盟對象，包含波斯灣石油王國，這些王國為了和美國同戰線，忍氣吞聲了很久，永遠被當作阿拉伯國家民意的防火牆，他們開始認為和一個不那麼幫以色列撐腰的歐洲結盟，說不定會是個更好的選擇……」

他停頓下來，他已經滔滔不絕說了半個鐘頭。我心想他應該會寫一本書，現在退休了，或許會想把這些看法落筆為文。我覺得他的闡述很有意思，當然，對歷史感興趣的人才會覺得有意思。瑪莉—弗朗索絲端上甜點，是朗德地區特色蘋果核桃脆皮餡餅。我很久沒吃到那麼美味的一餐了。晚餐過後，接下來要做的就是回客廳品嘗一下雅馬邑，這正是我們所做的。我被酒香醺得昏昏然，看著老情報員光滑的腦袋、蘇格蘭布家居外套，很想知道他自己個人的想法會是什麼。一個花盡一生調查**內幕**的人，會怎麼想呢？或許什麼都沒想，我猜他連投票都不投，他知道的太多了。

「我進入法國情報系統，」他以比較冷靜的口吻說：「當然是因為我小時候就很喜歡看間諜小說，但我想也是因為我繼承了父親的愛國情操，這讓我印象深刻。我父親生於一九二二年，您想想！剛好一百年前！……在一九四〇年六月底，抵抗納粹德國的反抗運動（Résistance）

---

35 譯注：貝特葉爾（Bat Ye'or，希伯來文意思是「尼羅河的女兒」，1933-）：英國籍、猶太裔、出生於埃及的知名歷史女學者、作家。首先提出「歐拉伯」之人。

36 譯注：「歐拉伯」（Eurabia）是個新出現的政治術語，結合Europe和Arabia這兩個英文字，指的是未來回教徒（移民或在歐洲出生的後代）將占人口大多數，而原生歐洲人占少數的歐洲。

一開始，他就入伍。在他那個時代，法國愛國主義就已經有點過時——愛國主義可以說起始於一七九二年的瓦爾密戰役（Valmy），到了一九一七年凡爾登戰役，它就已經開始在戰場壕溝中消亡。只維持一個世紀多，很短。今日呢，誰相信什麼愛國主義？『民族陣線』假裝還相信，但在他們的相信之中存著那麼多不確定、那麼多絕望；其他政黨呢，根本選擇了讓法國稀釋在歐洲之內的這條路。賓阿貝也相信歐洲，甚至比其他那些人都還更相信，但是他不一樣，他有一個對歐洲的理念，一個真正的歐洲文明計畫。他最終的榜樣，其實就是奧古斯特大帝（empereur Auguste），這可不是個卑微的榜樣。眾議院裡收藏著奧古斯特大帝的演說稿，我確信他曾專心研究過。」他停頓一下，表情愈來愈若有所思，又說：「這或許會是個偉大的文明，我不知道……您去過羅卡馬杜爾嗎？」他突然問我，我開始有點昏昏欲睡，回答說沒去過，我想是沒去過，好像在電視上看到過。

「一定要去。只不過二十幾公里，絕對要去。您可知，羅卡馬杜爾的朝聖是基督教朝聖中數一數二知名的。金雀花王朝的亨利國王、聖多明尼克、聖貝爾納、聖路易、路易十一、腓力四世……統統來過，跪在黑色聖母瑪利亞[37]腳邊，雙膝跪地爬上通往聖壇的階梯，卑微地祈禱，祈求原諒他們的罪。在羅卡馬杜爾，您可以真正感受到中古世紀的基督教是如何偉大的文明。」

我依稀記起於斯曼描述中古世紀的句子，這瓶雅馬邑實在香醇，我正準備回答他，卻意識到我腦袋一片渾沌。大出我意料之外，他以抑揚頓挫的堅定聲音開始背誦佩吉[38]的詩句：

那些為塵世犧牲的人是幸福的，
僅但願是在一場正義的戰爭裡。
那些為世界各方犧牲的人是幸福的。
那些莊嚴犧牲的人是幸福的。

37 譯注：羅卡馬杜爾教堂中的聖母瑪利亞塑像是以深色木頭雕刻成，因此被稱為黑色聖母。
38 譯注：佩吉（Charles Péguy, 1873-1914）：法國詩人。

了解別人、知道他們心中隱藏的事，是很困難的一件事，若無酒精相助，或許根本無法達成。看著這個整潔的、注重儀容的、有學問的、愛諷刺的老先生開始朗誦詩句，很怪異又很感人：

那些在偉大戰役中犧牲的人是幸福的，
埋在土裡，面朝著上帝。
那些在值得記憶的戰場上犧牲的人是幸福的，
在巨大的國家戰亂之間。

他頹喪地搖搖頭，幾乎帶著悲傷。「您看，為了讓詩具有足夠的雄渾力道，第二段他還是必須提及上帝。光有國家是不夠的，必須連結某個更強的東西、一個屬於更高秩序的神祕東西。第三段更明顯表現出這個連結。」

那些為國犧牲的人是幸福的，

因為國家就是天國的具體形象。
那些為家犧牲的人是幸福的，
為保存祖傳家產的卑微榮譽。
因為家與國就印證了一個開始，
是上帝家園的具體呈現與試驗。
在這動亂中犧牲的人是幸福的，
在榮耀與塵世兵馬倥傯的擁抱之中。

「法國大革命、共和國、祖國……是的，這能引起一些偉大情操，為時一個世紀多一點的偉大情操。中古世紀基督教，為時超過一千年。我知道您是研究於斯曼的專家，瑪莉—弗朗索絲跟我說過，但是以我之見，儘管佩吉是共和黨員、提倡政教分離、德雷弗斯捍衛者[39]之類

39 譯注：德雷弗斯捍衛者（dreyfusard）：德雷弗斯事件是法國第三共和時期發生的重要事件。一八九四年猶太裔軍官德雷弗斯（Alfred Dreyfus）被冤枉洩漏軍情給敵方普魯士軍，被判通敵叛國罪，後被平反。德雷弗斯捍衛者變成一個通用詞，指擁護法律無關種族、政治不干涉法律的代稱。

的，但沒有任何人比他更能感受到中古世紀的精髓。他還感受到，中古世紀真正的神性、真正敬仰的核心，不是聖父，甚至也不是耶穌基督，而是聖母瑪利亞。這一點，您在羅卡馬杜爾也會真切感受到……」

我知道他次日或兩天之後要回巴黎張羅搬家事宜。現在共和國擴張陣線的協議已成，第二輪總統大選的結果已不必懷疑，他們倆的退休也就成了定局。我真心誠意讚美瑪莉－弗朗索絲的廚藝之後，在他家門口和她先生道別。他喝的和我一樣多，卻還能背誦整段佩吉的詩句，老實說讓我印象深刻。我自己並不那麼肯定共和國和愛國主義能引起一些偉大情操，引起的只是一連串愚蠢的戰爭而已，但是譚諾先生絕非老糊塗，我希望自己到他那個年紀還能像他一樣頭腦清晰。我走下幾道階梯，下到路上，轉身對他說：「我會去羅卡馬杜爾。」

❖

旅遊季節尚未如火如荼，我很輕易地在「美景旅館」訂到一個房間，位於中古世紀城區裡，地點甚佳，旅館餐廳以全方位視野俯瞰阿爾祖河谷。這小城的確令人印象深刻，觀光客也很多。世界各地的觀光客源源不絕地前仆後繼，大家都有點不一樣，卻又都有點相似，手上一台攝影機，驚愕地遊覽千迴百轉的城垛圓塔、走一圈護城牆上的路徑、參觀懸在懸崖上的小教堂，幾天下來，我覺得好像與世隔絕，因此第二輪大選的那個星期日，我幾乎沒注意到穆罕默德．賓阿貝大舉獲勝的消息。我漸漸陷入白日夢的怠惰懶散，儘管旅館網路暢通，我對梅莉安這麼久沒來消息也不怎麼在意。旅館老闆和服務人員已把我定位成一個單身漢，一個稍帶學養的單身漢，有點悲傷，沒什麼娛樂——其實這形象描述得很正確忠實。總之，對他們來說，我是個不惹麻煩的客人，這是最重要的。

大概到了羅卡馬杜爾一、兩個星期之後，我才終於收到她的電子郵件。郵件裡她和我談到很多以色列的情況，那裡奇特的氛圍——極端充滿活力且歡樂，但總帶著隱約的悲劇性底蘊。這可能看起來很奇怪，她跟我說，因為有遭遇危險的隱憂才離開一個國家——法國，而移居到一個危險完全不是假設性隱憂的國家——一個「哈瑪斯」的反動分支決定再次啟動一連串的行動，幾乎每天都有身上綁著炸彈的自殺式恐怖分子在餐廳、公車上引爆。奇怪雖奇怪，但是身在這裡就能明白：因為以色列從建國以來就戰火綿延，恐怖活動和戰鬥似乎是無法避免的、自然的命運，總之這些並沒有妨礙人們享受人生。郵件裡附了兩張她的近照，穿著比基尼，在特拉維夫的海灘上。其中一張照片是四分之三背面人像，她正要跳入海中，可以清楚遐想她的臀部，我開始勃起，無法抑制想要愛撫這臀部的念頭，我的手流竄著痛苦的麻癢，我是如此清晰地記得她的臀部，真令人難以置信。

關上電腦時，我意識到她從頭到尾都沒提到可能再回來法國。

打從剛來，我就習慣每天到聖母教堂，在黑色聖母塑像前坐個幾分鐘——這尊塑像千年以來感動啟示了如此多的朝聖者，如此多的聖者和國王曾跪在祂面前。這是尊怪異的塑像，見證了整個消失的世界。聖母頭上戴著冠冕，坐得筆直，閉著雙眼的臉龐如此飄渺遙遠，顯得不屬於塵世。嬰兒耶穌——說真的模樣完全不像嬰兒，比較像成人，甚至老人——也筆直坐在聖母膝上，祂也閉著雙眼，瘦削的臉充滿智慧與力量，頭上也戴著冠冕。祂們的姿態裡沒有一點溫柔、一絲流露出的母愛。塑像呈現的不是嬰孩耶穌，而是已成為世界之王的耶穌，祂的沉著，令人感受到的精神強度和無形力量，幾乎教人駭然。

這個超人性的呈現，和於斯曼如此喜歡的格呂內華德[40]所呈現的受苦受難嘗盡煎熬的耶穌剛好相反。於斯曼眼中的中古世紀是哥德時期，甚至是哥德晚期：悲愴、寫實、道德性，已經接近文藝復興，而非古羅馬藝術時期。我記得幾年前曾和一位索邦大學歷史系老師討論過這個議題，他跟我解釋，中古世紀初期，幾乎尚未出現個人審判，要到許久之後，例如在波希[41]的畫作裡，才會出現這種駭人的呈現：耶穌將得救的和被判下地獄的人群分為兩邊，惡魔們把不悔改的罪人拖向地獄的酷刑。古羅馬時代的視角不是這樣，是比較整體式的：信神的人死時陷入深深的沉睡狀態，最後化為泥土。一旦所有的預言都已實現，耶穌再次降臨的時刻，是人民全體團結互助，從墳墓中站起來，重生為榮耀的軀體，前往天堂走去。道德的審判、個人的最後審判、甚至個體性本身，都不是古羅馬時期清楚明瞭的概念，而我呢，在羅卡馬杜爾聖母像前愈來愈長久的胡思亂想之下，覺得自己的個體性也正在瓦解。

40 譯注：格呂內華德（Matthias Grünewald, 1471-1528）：德國文藝復興畫家，晚期哥德藝術的大師，擅長於祭壇畫，畫作充滿悲劇色彩。

41 譯注：波希（Jérôme Bosch, 1450-1516）：十五、十六世紀文藝復興荷蘭畫家，畫風驚駭詭異，充滿地獄景象。

然而，我還是得返回巴黎，已經七月中了，某天早上我突然難以置信地發現，我到這裡已經一個多月了，老實說什麼事都沒發生，我收到瑪莉—弗朗索絲一封電子郵件，她和其他同事都保持聯繫：到目前為止沒有人收到校方任何訊息，情況全然模糊不清。以局勢來說，立法委員選舉已結束，選舉結果如同預期，政府內閣也已成立。

村子裡遊客開始多了起來，尤其是美食遊客，但也有文化遊客，我離開的前一天，又如同之前一樣到聖母教堂去，剛好碰到朗誦佩吉詩篇的活動。我坐在倒數第二排，教堂裡參加的人稀稀落落，大都是穿著牛仔褲和polo衫的年輕人，每個都擺出我不知道他們怎麼做到的那種年輕天主教徒開朗、友愛的臉色。

聖母，這些是祢遍體鱗傷的兒子，
請不要把他們看作一個不信神的人。
把他們看成被放逐的人來理解吧，
歸來的路途上因迷路而迷惘的人。

在寧靜的氣氛裡，十二音節的詩句規律地回響，我自問這些人道主義天主教年輕人，會如何理解佩吉這強烈愛國主義的心靈呢？無論如何，詩詞朗誦非常傑出，而且朗誦者好像是個有名的話劇演員，應該是法蘭西劇院（Comédie française）的成員，可能也演過不少電影，我好像不知在哪裡看過他的照片。

聖母，這些是祢的兒子，以及他們的龐大軍隊。
請不要以他們的卑微來審判他們。
請神將他們放到國家裡來理解他們，
這個讓他們犧牲如此多卻又如此深愛的國家。

他是個波蘭演員，現在我確定了，但還是想不起他的名字。或許他也是天主教徒，有些演員是教徒，的確，他們從事的職業有點奇特，天賜恩寵的說法可能比在很多其他行業裡都來得明顯。那些年輕天主教徒呢？他們喜歡他們的國家嗎？他們願意為國家犧牲自己嗎？我覺得自己準備好隨時犧牲，並不特別是為了國家，而是廣泛地來說，準備好犧牲。我處在一種怪異的狀態，聖母好像上升了，從底座升起，在空中膨脹，嬰孩耶穌好像隨時會和祂脫離，我感覺祂現在只消舉起右手，所有不信神和信仰邪神的人就會被消滅，世界之鑰將交到祂這個「主人、擁有者、主宰」的手裡。

聖母，這些是祢犧牲如此多的兒子。
請不要以他們鄙賤的作為來審判他們。
請接納他們如浪子回頭，
讓他們投到祢敞開的雙臂中。

也可能只是因為我餓了，前一晚忘記吃飯，或許回旅館坐在餐桌前，面對幾隻鴨腿比較好，以免因不明原因的低血糖昏厥在兩排長椅之間。我又再次想起於斯曼，想到他皈依時的痛苦和疑慮，他那絕望地想歸入一種宗教儀式的渴望。

我一直待到朗誦結束，但到最後，雖然詩文如此壯麗，我卻寧可最後一次來聖母教堂是獨自一人。除了對祖國、土地的依戀，除了對軍人陽剛英勇的讚許，甚至除了渴望母親的孩童般渴望，這具嚴肅的雕像代表更多更多的東西。有某種佩吉沒辦法了解、於斯曼更無法觸及的神祕的、聖潔的東西。次日早晨，我把行李裝上車、付清住宿費，又回到聖母教堂，目前空無一人。聖母在陰暗裡等待著，安詳而不朽。祂擁有宗主權，擁有力量，但是我一點一點和祂失去聯繫，祂朝向空間和世紀漸漸遠去，而我跌坐在長椅上，頹喪而渺小。半個鐘頭之後，我站起身，神性已完全遠颺，回復到殘敗的、注定死去的肉體之身，我悲傷地走下台階，朝停車場走去。

第四部

❖

返回巴黎的途中，開過薩維尼、安東尼、紅丘之後，過了聖沙努爾收費站，轉朝義大利門駛去，我知道將面對的無趣生命，非但不是空洞的，反而充滿諸多煩人瑣事：不出我所料，有人趁我不在，占了我的大樓專屬停車位；冰箱附近有點漏水跡象；除了這些，家裡沒出什麼問題。信箱裡塞滿了各種通知郵件，有的還要求盡速回應。要維持一個正確的行政管理人生，幾乎時時刻刻都要在家，任何長時間遠遊都可能讓人成為某些機關的箭靶，我知道得花好幾天才能回到正軌。我先大略篩選，丟掉最無用的廣告傳單，留下那些針對我需要的廣告（Office Dépôt三日大拍賣、Cobrason貴賓拍賣會）。我抬頭望望一片灰色的天空，就這樣望著天空好幾個鐘頭，不時倒杯蘭姆酒喝，再回頭處理郵件。前兩封郵件是保險公司寄來的，通知某筆款項不符理賠條件，如要再次申請必須回信寄上某個相關資料影本；我經常收到這種郵件，按習慣丟到一邊不管。第三封郵件卻讓我吃了一驚，發件人是內維爾市政府，為我母親過世真誠致哀，並通知我遺體已運至市立法醫中心，要我與之聯繫處理相關事宜，發信的日期是五月三十一日。我快速翻了一下那疊郵件：六月十四日有一封催促辦理的通知，二十八日又有一封。最後，七月十一日那封信中，內維爾市政府通知我，按照地方通用法規L2223-27條，市政府已將我母親埋葬於該市墓園公有葬區。五年期限之內，我可以申請起出棺木，葬到私人墓地，超過了這個期限，將會被火化，骨灰撒在紀念公園裡。倘若我申請起出棺木另葬，必須追繳市政府預先墊出的安葬費——柩車、四個抬棺人、葬禮支出。

我當然知道母親社交生活沒多精采，不會去聽哥倫比亞早期文明的演講，也不會和同年紀的老太太結伴參觀內維爾市的古羅馬教堂，但我還是沒想到會是這種全然孤單。市政府可能也通知了我父親，或許他把信丟到一邊不理。無論如何，想到她被葬在貧民塚（我查了一下網路，墓園公有葬區原來的名稱就叫貧民塚）還是有點不安，我心想她的那隻法國獒犬下落如何了呢（送進了保護動物協會？還是直接安樂死？）。

接下來我把帳單、預扣繳帳單這些簡單的信件放到一邊，只消一一放入分門別類的文件夾就行了。剩下的就是我最主要的溝通對象，建構一個人生命的主要元素：健保局和國稅局。我沒有勇氣立刻處理這些郵件，決定先在巴黎走走，巴黎這說法可能有點誇張，總之在我住的這區走走。

按電梯的時候，我才發現沒收到大學的任何通知。我反過頭往回走，到銀行提款機裡察看：薪水入帳，完全正常，所以我的職位還處在不明狀態。

政權改變似乎尚未在這區顯出什麼痕跡。一群群中國人照舊手裡揚著彩票圍擠在下注館裡。其他人辛勤地推著小推車，運送米、醬油、芒果。沒有任何原因，就連回教政體似乎都不能減緩他們不停止的勞動——伊斯蘭勸人皈依的熱忱，猶如之前基督教的傳教，或許都在這一方浩瀚無垠的中國文明汪洋裡溶解掉了，不留痕跡。

我在中國城裡信步亂走了一個多鐘頭。聖依波利特教堂依舊推出中文課程和中國料理課程，在郊區阿福居舉辦的「亞洲之夜」晚會的廣告單還在。事實上，除了「佳喜樂大超市」裡猶太潔食（casher）那個櫥櫃消失了之外，我沒發現什麼顯明的改變；超市的市場策略一向就是見風轉舵，最能看出風向的。

在義大利廣場的大商場裡，就有一點不一樣了。如我預料，「珍妮佛少女服飾店」關門了，換成一家普羅旺斯生機專賣店，賣精油、添加橄欖油和蜂蜜以及地中海灌木香味的洗髮精。比較奇怪的是，二樓人群稀少的「現代男士」分店也關門了，還沒找到頂替的店家，可能只是業績不佳。但是，改變最大的其實是商場的顧客人群。跟所有的大商場一樣——當然，跟拉德芳斯或中央市場區的大商場比起來，情況可能沒那麼顯著——義大利商場通常都有一大堆郊區小混混聚集，目前他們完全絕跡了。而且女性們的穿著也改變了，我立刻就察覺到，卻無法分析到底是哪裡改變了；伊斯蘭教的頭巾並沒有顯著增加，不是這個，我在商場裡晃了幾乎一個鐘頭之後，才突然發覺改變的是什麼：所有的女性都穿著長褲。順著女人裸露的腿成比例地漸漸往上，檢視大腿、順著形狀想像她們的陰部，這一切對我來說是如此自動而本能、簡直是與生俱來的行為，我剛開始還沒意識到，但事實就擺在眼前，洋裝和裙子就此消失了。取而代之的是一種新式服裝，一種長及膝蓋的棉布長衫，抑制某些女人或許想穿緊身長褲展露身材的念頭；至於短褲呢，當然想都別想。欣賞女人臀部這種最起碼的遐想與慰藉，也都不可能了。因此，改變的確慢慢在進行，一個有目的性的轉換已經揭開序幕。我在TNT有線電視台轉過來轉過去好幾個鐘頭，沒發現任何額外的改變，色情節目反正很久沒在電視台播出了。

❖

回到巴黎兩個星期後，我才收到巴黎第三大學寄來的郵件。巴黎索邦大學改成伊斯蘭教大學體制，因此我無法在該校繼續擔任教職；信件由新任校長羅伯．何帝傑親筆簽名，他在信中對我表達由衷不捨，要我放心這絕不是因為我的教學品質或工作能力問題。我當然也可以轉任宗教不介入的大學繼續任教，但如果我放棄教職的話，伊斯蘭體制的巴黎索邦第三大學將即日起支付我退休金，每月三千四百七十二歐元，並將隨著通貨膨脹調漲。我可以和大學行政部門約時間辦理退休事宜。

這封信我一連看了三遍，才好不容易相信信裡寫的內容。我就算工作到六十五歲年資額滿，退休金也差不多是這個數目。真的是砸大筆錢堵住悠悠之口。這無疑是太高估大學老師的影響力，以及他們能做好一樁抗議活動的能力。長久以來，大學教授這個頭銜已不足以在重要報刊上占有「論壇」或是「我思我見」的專欄，那些專欄已成為一個封閉、自我的小圈圈。就算全國大學老師團結起來，聯合一氣抗議，也大概沒兩三隻小貓會注意到；但這一點，在沙烏地阿拉伯的人顯然並不知道。實際上，他們還相信學術菁英的影響力，這點幾乎讓人感動。

從外表看來，大學沒任何改變，只除了大門口招牌「新索邦大學——巴黎第三大學」旁邊加了燙金的一顆星星和一彎新月；但是，一進到行政大樓就能看到改變。一走進等候室，抬眼就看見一張朝聖群眾圍著卡巴聖堂（la Kaaba）繞行的照片，辦公室牆上貼著書法寫的古蘭經詩句，祕書小姐們全換了一批，我一個也不認識，全都戴著頭巾。其中一位拿給我一張申請退休表格，簡單明瞭，我在桌旁一角三兩下就填好、簽了名，交回。走出來到中庭，我意識到我的大學教職生涯在幾分鐘之內就結束了。

走到桑希耶地鐵站，我在階梯前猶豫，無法決定像沒發生任何事一樣直接回家。穆夫塔街上的市場攤位剛剛擺起，我正在奧維尼區肉製品攤旁徘徊，視如不見地看著調味乾臘腸（有藍莓乳酪、開心果、核桃等口味），瞥見史蒂夫由街底往上走。他也看見我了，我感覺他試著想回過頭迴避我，但已太遲，我朝他走過去。

如我所料，他接受了新學校的教職，開一堂韓波的課。他告訴我這事時顯然很尷尬，我什麼都沒問，他就急著辯解新大學校方高層完全不會干涉教學內容。當然，韓波最後皈依伊斯蘭教被視作確定的事實，其實這一點有很大的爭議性；但是對他的著作本身、詩句分析，校方不會干涉，真的。我聽著他說，並沒有憤慨的表情，他心情慢慢鬆懈，最後提議一起喝杯咖啡。

「我猶豫了很久……」他點了一杯蜜思卡德白酒之後說，我帶著理解的熱情點點頭；我估計他猶豫的時間絕不超過十分鐘。「但是薪水實在誘人……」

「退休月俸就已經相當不錯了。」
「薪水比退休月俸多得多。」
「多少？」
「三倍。」
一個月一萬歐元聘請一個平庸、從沒發表過像樣文章、名氣等於零的教師，他們還真是有錢。牛津大學差一點也被他們買走，最後一分鐘是卡達哄抬價格而得手，所以沙烏地阿拉伯決定全部賭到索邦大學上。他們甚至在第五區、第六區買了許多公寓，提供教職員住房；他自己就分配到龍街上一間漂亮的兩房一廳，房租非常低廉。
「我想他們很希望你留下……」他說：「但不知怎麼聯絡上你。其實他們甚至要我幫忙聯絡你，我好像拒絕了，我們除了在大學以外並沒有私交。」
過了一會兒，他陪我走回桑希耶地鐵站。「那那些女學生呢？」我在地鐵站入口問他。他開朗地微笑起來。「這部分倒是改變很大，或是說，形式不同了。我結婚了，」他有點突兀地加上這句，「和一個女學生結婚了。」他指明說。

「這個他們也管？」

「也不是，怎麼說呢，和女學生的接觸並不會受到阻礙，我下個月要娶第二個太太。」他說完就朝著密荷貝街方向走去，留下我在階梯上方呆若木雞。

我大概愣了好幾分鐘，才決定回家。下到月台，看見標示牌往伊夫里市政府的地鐵七分鐘後進站，鐵軌上停著一列車，但是這班是往猶太城方向的。

❖

我正處於壯年，沒受到任何致命疾病的直接威脅，纏擾我健康的毛病雖然痛苦，但並無大礙；還要三十年、甚至四十年之後，我才會邁入致死疾病一個接一個、每一個病都生死攸關的灰色時期。我沒有朋友，這是確定的，但是我曾經有過朋友嗎？再仔細想想，有朋友又要幹嘛？身體衰敗到一個程度之前——速度很快，大概十幾年之間，可能還不到，在身體衰敗情形尚未外露之前，人們把我歸類在還年輕——唯一一個直接而真正有意義的人際關係，就是伴侶（兩者的身體結合，會產生某種程度的新生命機體，這是柏拉圖說的）。以伴侶這個觀點來看的話，我的情況顯然糟糕透頂。幾個星期下來，梅莉安的電子郵件愈來愈少，愈來愈簡短。最近她標題不再寫「親愛的」，而改成中性的「弗朗索」。我想她遲早會和其他女孩一樣跟我說「遇到了某個人」，只是時間問題。她已經遇到了那個「某人」，我確定，我不知道為什麼確定，但她的選詞用字、郵件中出現的笑臉和心型圖案漸漸減少，讓我百分之百確定，只不過她還沒勇氣對我承認而已。她對我沒興趣了，就是這樣，她正在以色列展開新的人生，我還能期待什麼結局呢？她是個漂亮的女孩，聰明討喜，迷人得要命——是啊，我還能期待什麼結局呢？反正，她對以色列一直抱著相同的熱情，「情況艱巨，但我們知道自己為什麼在這裡。」她寫道；我可說不出這句話。

大學執教生涯結束，剝奪了我——好幾個星期後我才真正意識到——和女學生接觸的機會。所以呢，那又怎樣？難道我就該和其他人一樣去參加相親活動嗎？我是一個有學識教養、高水準的人，而且正如我剛才所說，正處壯年；難道要經過好幾個星期辛苦對話，對某些話題表現出高度熱忱——譬如說貝多芬最後幾首四重奏——盡可能短暫地掩飾愈來愈大、愈全面的無聊感，肖想著片刻的溫存、心靈相通、開懷大笑，倘若我遇見一個和我類似的女人，接下來會怎樣呢？一方勃起出了問題，另一方陰道乾澀，最好避免這個。

我之前很少上召妓網站，暑假時比較多，作為前後任女學生之間的某種銜接，整體經驗可說滿意。上網快速瀏覽一下，我發現新上台的伊斯蘭政權完全沒有影響它們的運作。我拖了幾個星期，研究了各式各樣類型，印出一些介紹來重看（召妓網站和美食介紹網站一樣，菜單上的菜形容得有如詩歌田園天花亂墜，讓人錯覺，看到的比吃到的好得太多）。我最後決定選阿拉伯裔的法國人娜提雅，她令我亢奮，況且選一個回教女人，比較符合當前政治大環境。

其實呢，這個突尼西亞裔的娜提雅，完全躲過她那一代大量年輕人伊斯蘭教化的風潮。她父親是心臟科醫生，從小住在高級地段，也從沒想過戴頭巾。她就讀法國現代文學碩二班，她大可以是我以前的學生；想想又不可能，因為她一直都就讀巴黎第五大學。性方面來說，她展現絕佳的專業性，但是動作都滿機械式，可以感覺到她並不投入，只有肛交的時候才隱約顯出一點興奮；她的屁股小小窄窄，但是我不知為何沒有任何快感，我覺得可以這樣不疲乏也不歡娛地持續好幾個鐘頭捅她的屁眼。她開始發出低聲呻吟時，我感覺她很害怕到達高潮——以及接下來的情緒，很有可能；她很快轉過身來，用嘴幫我吸出來。

我走之前，我們坐在她那張「可轉換成床」的沙發上聊了幾分鐘，等我已付錢的一個鐘點屆滿。她其實滿聰明的，但思想很保守——不管針對什麼議題，從穆罕默德．賓阿貝的當選到第三世界的債務，她的想法都是約定俗成的想法。她的套房裝潢挺有品味，整整齊齊；我相信她行為舉止都有度，絕不會揮霍亂買奢侈名牌衣服，會把賺來的錢仔細存下大半。的確，她跟我說幹這行四年——她從十八歲開始——已經存下足以買入這間套房的錢。她想繼續幹到學業結束，之後她希望走入視聽媒體這行。

幾天之後，我和婊子芭貝特見面，她在網上好評如潮，以「無禁忌的騷貨」介紹自己。她在她住的漂亮但裝潢有點老派的一房一廳公寓接待我，全身上下只穿著一件露奶的胸罩和一條露光光的丁字褲。她一頭金色長髮，天真如天使般的臉龐。她也喜歡肛交，但不吝表露出來。弄了一個鐘頭我還沒射，她說我真持久不敗，其實，這一次也是，我雖然勃起持久，卻絲毫沒有快感。她問我能不能在她雙乳間達到高潮，我照做了。她把精液抹在胸前，跟我說她喜歡被精液噴滿全身；她經常參加集體濫交，最常是在換妻俱樂部裡，有時候也在停車場這種公共場所。她收取低廉的參加費用——一人五十歐元——但舉辦這樣的聚會盈餘不少，因為她通常邀四十或五十位男士，大家三孔齊用之後，把精液噴到她身上。她答應下次舉辦集體濫交會通知我，我向她道謝。我其實並沒那麼感興趣，但覺得她人滿好的。

總之，這兩位妓女都不錯，但還是不足以引起我想再找她們的慾望，或是想有更深入的關係，也不足以給我活下去的渴望。那麼，我該去死嗎？我覺得下這個決定似乎還太早。

其實，幾個星期之後，死的是我父親。他的女伴席勒薇雅打電話通知我。她在電話裡說很遺憾「之前都沒什麼機會好好聊聊」。這說法真是委婉，事實上我從沒跟她說過話，甚至是在兩年前我和父親最後一次通話，在他間接影射下，我才知道有她的存在。

她到布里昂松火車站來接我，我的旅行非常不順。到格勒諾柏的高鐵還好，國鐵局維持最基本的服務，但是地區火車真的是沒人管，從格勒諾柏到布里昂松之間就出了好幾次問題，最後誤點了一個鐘頭四十分鐘，廁所堵塞，一攤夾著糞便的水溢到車廂和車廂之間，甚至幾乎流到車廂裡。

席勒薇雅開一輛三菱Pajero Instyle，令我十分驚訝，前座座墊是仿豹皮圖案。我回來後買了《汽車月刊》特別號，方才知道這是一款「適合艱困路面最高效能的四輪驅動跑車之一」。Instyle這款精細加工，車內真皮裝潢，電動敞篷車頂，配備倒車顯影，以及Rockford Acoustic音響系統，八百六十瓦獨立擴大機，輔以二十二支喇叭加持。這一切都讓我訝異，父親的一生——我是說我所認識的他的一生——幾乎一絲不苟地保持著絕對保守的中產階級良好品味：

三件式細條紋灰西裝，或是深藍，英國品牌領帶，穿著完全符合他的職稱：大企業裡的財經主管。他的金色頭髮微鬈，藍色眼珠，臉龐俊美，絕對可以去演好萊塢不時推出的那種圍著財經世界、次級房貸、深奧、狀似無比重要的華爾街電影。我十年沒見到他了，他有什麼轉變我一概不知，但我萬萬沒想到是這種有點朝郊區野戰士的丕變。

席勒薇雅五十多歲，比他小了約二十五歲。如果不是我的話，她可能可以繼承所有遺產，我的存在迫使她必須分一半遺產給我，因為我是獨生子。在這種情況下，實在滿難相信她會對我有多少熱情善意，但她的行為舉止一切適度，和我說話也沒顯出特別的尷尬拘束。我打了好幾通電話告知她火車又延誤的消息，代書因而把約會延到傍晚六點。

遺書內容完全意料之內：遺產平均分配兩份，她和我各一份，沒有其他遺贈事宜。代書效率很高，已經開始估算遺產總值。

他在聯合利華國際企業的退休金很豐厚，銀行存款很少：活存帳戶兩萬歐元，一個開了很久的認購股票定存帳戶裡面有萬把歐元，他可能自己都忘了。他主要的遺產是席勒薇雅和他住的那棟房子，布里昂松一個房仲來估過價，價值是四十一萬歐元。他那輛三菱四輪驅動跑車幾乎全新，不動產估價中心估價四萬五歐元。讓我最驚訝的是他有一系列高級獵槍，代書按照市場行情表條列：其中最貴的是一枝Verney-Carron Platines和一枝Chapuis Oural ÉLite，這一系列價值也高達八萬七千歐元——比四輪驅動跑車高多了。

「他蒐藏槍枝？」我問席勒薇雅。

「這不是蒐藏，他經常去打獵，是他的一大嗜好。」

原本的聯合利華國際企業財經主管，晚年買四輪驅動越野跑車，發現狩獵和採集野果的本能，滿讓人訝異，卻也不無可能。代書已經結束，這遺產繼承過程實在快速簡單。儘管快速簡單，我來時的班車延誤太多，已無法趕上預定的回程火車，也是當日的最後一班。這讓席勒薇雅處在一種尷尬的境地，我們在坐上她的車子時，差不多同時意識到。我趕快化解尷尬，說對我來說最好的辦法，是在布里昂松火車站附近找家旅館，我次日早上回巴黎的火車很早，我在巴黎有個重要約會，一定不能錯過這班火車。這是個雙重謊言：我不只次日沒約，任何一天都沒約；而且當日發往巴黎的班車是接近中午，就算一切順利抵達巴黎也是傍晚六點左右了。她因為我很快會從她生命裡消失而放下心來，幾乎帶著衝動地邀我「去他們家」喝一杯，她固執地硬要這麼稱呼，其實一旦我父親死了，那不僅不再是「他們家」，甚至很快就不會是「她家」了：剛才聽的那些價錢數目，她如果要付我一半遺產，除了賣房子沒別的辦法。

他們的山間別墅位於弗雷西尼耶山谷的山稜分枝處，超大一間木造別墅；地下停車場可以停十幾輛車。通往客廳的走廊上，我停下來看牆上掛的狩獵品標本，好像是麂、野山羊這類的哺乳動物，也有一個野豬頭，這比較好認。

「把外套脫了吧，如果您願意……」席勒薇雅說：「您知道，打獵很好玩，我以前也從沒接觸過。他們星期日打一整天獵，晚上就和其他獵人和他們的太太，十幾對，一起晚餐，通常是在我們家喝開胃酒，然後包下附近村子的一家小餐廳吃飯。」

因此，我父親度過了愉快的晚年。這一點，也滿令人驚訝。我整個年輕歲月當中，從來沒見過他任何一個同事，而我相信他在工作範圍之外，也不跟任何同事來往。我父母親有朋友嗎？可能有，但我一點記憶都沒有。我們住在梅松拉菲德一棟大房子裡，當然比這裡小，但還是算大房子。我沒見過任何人來家裡晚餐、度週末，所有那些會和**朋友**一起做的活動。更讓人納悶的是，我也不認為父親有所謂的**情婦**——當然，這一點我不能確定，沒有任何證據，但是我根本無法把我對父親的記憶和情婦這個念頭聯想在一起。總之，他過著雙面生活，截然分開，二者毫無交集。

客廳很寬敞，應該占了整層樓的一半，進來的右手邊有個開放式的廚房，旁邊擺著一張農莊大飯桌。客廳其他空間擺著幾張矮桌和白色皮製大沙發，牆上又掛著一些打獵戰利品，一排槍架上架著我父親蒐藏的槍枝：這些槍都很精緻，鑲嵌著金屬雕花，發出輕柔的亮光。地上四處散放著毛皮，我想大都是羊毛皮，這整個裝潢讓人誤以為自己置身在一個一九七〇年代的德國色情片裡，在奧地利山區提洛爾某個山間木屋拍的那種。我走向客廳另一邊整面的玻璃門，望出去一片山景。「對面，我們可以看到梅熱冰川，」席勒薇雅說：「北邊，就是克蘭山脈。您想喝點什麼？」

我從沒看過那麼琳琅滿目的酒櫃，裡面擺著十幾種我連聽都沒聽說過的水果烈酒和甜燒酒，但我只要了一杯馬丁尼。席勒薇雅打開一盞小燈。夜色降臨，克蘭山脈的積雪染上一抹藍色，氣氛也變得有點憂傷。就算不是因為遺產關係，我想她也不願獨自住在這棟屋子裡吧。她還在工作，我不知道她在布里昂松從事什麼行業，她在前往代書處的車上跟我說過，但是我忘記了。很顯然，就算她搬到布里昂松市中心，生活也會孤寂很多。我有點勉強地坐到沙發上，接受她幫我倒的第二杯馬丁尼——我早就決定這是最後一杯，喝完之後也立刻要求她送我到旅館去。我永遠無法了解女人，這是愈來愈明顯的事實。在我眼前的是個正常的女人，甚至正常到不能再正常，然而，她卻在我父親身上發現了某樣東西，某樣我母親和我都不曾發現的東西。我相信唯一、甚至主要的問題並不是錢，從她的衣著、頭髮、說話的方式，就可以看出她自己坐擁高薪。在這位平庸的年長男子身上，她是第一個找到某種值得去愛的東西的人。

❖

回到巴黎，我收到幾個星期以來一直擔心收到的電子郵件，這樣說也不夠正確，我想我早已有心理準備，我真正好奇的一個問題，是想知道梅莉安會不會也告訴我她「遇到了某個人」，她是否也會用這個說法。

她確實用了這個說法。下一段裡，她說深深抱歉，寫說她每次想到我都帶著某種悲傷。我覺得這是真的——雖然事實上，她大概也很少想到我了。她接著轉開話題，假裝極為擔心法國的現況。這很善體人意，好像我們的愛多多少少是被歷史的洪流沖散的，這當然不完全正確，但很善體人意。

我把眼睛從電腦螢幕上轉開，朝窗戶走了幾步，天上掛著一朵透鏡狀的孤單的雲，邊緣被夕陽映成橘色，高高掛在夏雷堤運動場上方，像銀河系裡的太空梭一樣靜止而冷漠。我只感受到一股黯然的、隱隱的傷痛，但已讓我無法清晰思考。我所能想到的，就是我再一次孤單一人了，活著的慾望愈來愈低，未來前景充滿煩惱。我請辭大學的手續雖然簡單輕鬆，卻牽連到健保局和保險公司繁複的改動事宜，我實在沒有勇氣著手辦理。但是總要辦理的，我的退休金雖然豐厚，但要是生大病的話是絕對負擔不起的，不過，召妓倒是可以負擔。其實根本沒慾望召妓，但康德所稱的那種難以解釋的「對自己的義務」縈繞我腦際，因此我決定上平日習慣上的召妓網站瀏覽。我最後選擇了兩個女生共同刊登的一則廣告：雅席塔，摩洛哥人，二十二歲，以及露易莎，西班牙人，二十四歲，提供「淘氣如惡魔般的雙女組發送致命吸引力」的服務。當然，價錢不低，但是我目前經歷的情況，似乎例外地大手筆一次也說得過去。我們訂了當晚碰面。

事情一開始如習慣進行，意思是進行得還不錯：她們租了一間小套房，在蒙日廣場附近，她們點上香氛蠟燭，放著「鯨魚之歌」這類的氣氛輕音樂，我輪流插入她們的陰道和屁眼，既不疲倦也無快感。半個鐘頭之後，我正從露易莎後面像狗交配那樣插進去，一件新鮮的事發生了：雅席塔親吻我雙頰，微微一笑然後滑到我身後，她一隻手放在我的臀部，把臉湊上開始舔我的睪丸。漸漸地我感到自己重生了，一股驚奇感逐漸擴大，遺忘了的戰慄快感又回來了。或許是梅莉安正式告知離開我的郵件，在某種程度上解放了我的心，我也不知道。我感激得如痴如狂，我轉過身，褪下保險套，將自己獻到雅席塔嘴裡。兩分鐘之後，我在她唇上達到高潮，她細心地舔乾最後一滴精液，我撫摸著她的頭髮。

離去時，我堅持給她們兩個人各一百歐元小費。我負面的結論或許太早下了，見證過我父親晚年令人驚訝的變動之後，這兩個女子又帶給我一次證明；如果我和雅席塔持續經常見面的話，或許兩人之間會滋生出愛情，沒有什麼是不可能發生的。

❖

我這短暫的希望曙光，剛好呼應法國上下重新充滿樂觀的大環境，這是半個世紀前的「黃金三十年」[42]之後再也沒看過的。穆罕默德・賓阿貝成立的國家聯合政府上台以來，四方一致稱譽，法國還從沒有一位新選上的總統享有這麼長的「蜜月期」，這是所有政論家一致同意的。我經常想起譚諾先生跟我說的新總統的國際野心，也特別注意到一個幾乎沒人提起的消息：摩洛哥即將加入歐盟的諮商討論又重新啟動；至於土耳其的加入，計畫時間表已經擬定。羅馬帝國的重建已經開始，內政方面，賓阿貝的施政毫無失誤。當選最立見的結果，是犯罪率大幅降低，在以前治安問題最多的區域，犯罪率甚至減少九成。另一個立見的成功，是失業率，失業率直線上升的局面已經扭轉。這無疑是因為大量女性退出職場——這又和家庭補助的計算金額息息相關，這是新政府第一個象徵性的措施。家庭補助金因婦女停止就業而大幅提升，這個措施當然一開始受到左派一些微詞，但是看到失業率的數字，微詞很快就停止了。預算赤字甚至沒增加，家庭補助金的大幅增加由大幅刪減的國家教育預算來平衡——教育預算是之前政府耗費最大的支出。在新頒發的體制內，義務教育只到國小——也就是差不多十二歲，小學畢業會領到一紙畢業證書，就算是普通學歷的最高學歷。之後，學生被鼓勵朝職業學校發展；國高中和更往上的教育則成為全然私立教育。所有這些改革，是為了「重新賦予我們社會

---

42 譯注：「黃金三十年」（Trente Glorieuses）：二戰結束後，法國在一九四五至一九七五年間，經濟快速成長，工資提高，社會高速進步的三十年。

根本的基石——家庭——應有的地位和尊重」，這是法蘭西共和國新任總統和總理共同發表的一席演說中的用語，賓阿貝在演說中的用詞幾乎沾染神祕色彩，而貝魯咧著嘴掛著一抹大大的微笑，差不多是扮演德國傳統「約翰香腸」[43]的角色，誇張而滑稽地重複主角的台詞。穆斯林學校當然不用擔心——教育方面，那些石油王國的慷慨永遠是無上限的。比較令人訝異的，是某些天主教和猶太教私校也受到各大企業資助，得以過關，總之他們都已各自尋得資金，宣布下學年度照常開學。

盤旋在法國政治風景這麼久以來的左派右派抗衡的情勢，一夕之間瓦解了，媒體一開始像患了失語症，驚嚇過度說不出話來。可憐的克里斯多夫．巴比埃垂頭喪氣，在各大電視台政論節目上晃來晃去，無法對這個他未料到的歷史性改變下什麼評論——老實說，不只是他，任何人都沒有料到。然而，幾個星期下來，反對派的核心組成了。一邊是左派的政教分離派，以極左派梅蘭雄（Jean-Luc Mélenchon）和學者米榭．翁福雷（Michel Onfray）組成的雜牌軍召開集會，「左翼政黨聯盟」（Front de gauche）雖然名存實亡，終究還是存在，我們可以看出，下一屆二〇二七年的總統大選，賓阿貝除了「民族陣線」之外，還多了一個強勁對手。另一方面，「薩拉菲派青年分支」認為社會上不潔分子仍然囂張，強烈要求真正施行伊斯蘭教法。一場政治辯論因而一點一滴成形，這將是一場新型態的辯論，和法國近幾十年來的政論非常不同，比較像是大部分阿拉伯國家的國內政治辯論，但無論如何也算是政論。就算是虛假的政治辯論，對媒體的良好運作還是必要的，或許也能讓人民至少感覺到民主的氛圍。

除了這個表面的騷亂，法國正在快速轉變，一種深沉的轉變。我們很快就發現，穆罕默德・賓阿貝除了伊斯蘭教之外，還有很多想法；他在記者招待會上宣稱受到「配給主義」（distributivisme）的影響，這讓與會的人都目瞪口呆。其實他在競選活動中已經提出過幾次，但記者們很自然地對於聽不懂的東西略過不表，所以他提出的這個說法既沒被報導，也沒被討論。這一次，他的身分是現任國家元首，他們必須趕快找資料介紹這個主張。因此，接下來的幾個星期當中，大眾得知「配給主義」是二十世紀初由吉爾博・切斯特頓（Gilbert Keith Chesterton）和希拉里・貝洛克（Hilaire Belloc）提出的一個經濟哲學，自稱為「第三條路」，脫離資本主義和共產主義——後者只是隱藏在國家之下的資本主義。它的基本觀念是去除資本與勞動之間的分隔。「配給主義」認為最正常的經濟型態是家庭企業，倘若某些生產需要更大

---

43 譯注：「約翰香腸」（Hanswurst）：德國十六世紀開始，貫穿十七、十八世紀著名的鄉野民俗戲劇的滑稽人物。

的組織，絕對要讓勞工成為企業的股東，並共同負責經營。

賓阿貝稍後強調：「配給主義」與伊斯蘭教育完美結合。他這個強調並非無用，因為切斯特頓和貝洛克在世時，最讓人注意的是他們強烈捍衛天主教引起的爭論。儘管這個主義彰顯反資本主義，歐盟首府布魯塞爾當局卻很快發現其實這個方向並沒有什麼值得擔憂之處。新政府採取的主要措施，是全面取消國家對大型企業的補助——國家補助大型企業是歐盟政府長久以來視為危害自由競爭而應取消的做法——另一方面，小型企業和自雇人士則享有極優惠的減稅措施。這些措施一開始就廣得民心。數十年來，年輕人在職業範疇中，一致希望能「自開公司」，或至少成為獨立工作者。這些措施也完全符合國家經濟的走向，雖然國家斥資進行復興計畫，法國的大型企業還是一家接一家關門。農業和小型手工業不只全身而退，甚至攻占市場。

所有這些改變將法國導向一個新型社會，但這個社會改變一直未曾外露，直到年輕社會學家丹尼爾．達西瓦發表的一篇引起眾議的文章，文章題目諷刺地題為「兒子，有一天這一切都會是你的」，副標題比較清楚：「朝向理性家庭的目標前進」。他在序言中向另一篇十幾年前一位哲學家巴斯卡．布魯克內（Pascal Bruckner）發表的文章致敬，在那篇文章中，作者發表愛情婚姻的失敗，鼓吹重回權宜婚姻。同樣的，達西瓦主張的家庭關係，尤其是父子關係，絕對不是奠基在愛上面，而是建立在知識和財產的傳承上。根據他所言，人人成為受薪階級這個過程，必然使家庭瓦解，使社會粉碎，唯有透過個人企業的型態，奠定新的生產模式，家庭與社會才得以重新建立。儘管一切打破浪漫情懷的事物經常會引起醜聞式的注意，在達西瓦之前，這種言論其實並沒有引起媒體多大關注，重要媒體關注的向來都是圍繞著個人自由、愛的神祕這類議題。這位年輕社會學家思維清晰、辯論能力極佳，對政治或宗教意識型態並不熱中、不管在任何情況下都堅持只專注在他的專業——分析家庭結構的轉變和它在西方社會中造成的人口學上的影響，他是第一個打破四周愈來愈右傾的小圈子之人，成為這個新誕生的社會中針對穆罕默德．賓阿貝各種社會計畫辯論的權威之聲（這個新社會的誕生非常緩慢而漸進，並不尖銳，只是一股心照不宣、無精打采的氛圍，但無論如何它還是誕生了）。

❖

我自己的家庭故事完全符合達西瓦呈現的影像，至於愛情呢，我離它愈來愈遠。第一次和雅席塔與露易莎見面時的奇蹟並未重現，我的陽具又重新變回勇健且無感，我半絕望地離開她們的套房，意識到自己或許再也不會再見她們了，生存的可能性以愈來愈快的速度從我指間滑落，讓我變得像於斯曼所說的那樣——「無感而乾澀」。

不久後，一股寒流來襲，冷空氣從幾千里外的極地南下到西歐，在英倫群島和德國北部盤桓幾天之後，一夜之間撲襲法國，氣溫陡降，比季節均溫低很多。

我的身體已不是歡娛的泉源，卻仍是真切的痛苦來源，幾天之後，我的汗疱疹又發作，這是三年以來大概第十次了，症狀是長出溼疹痘疱。腳板和腳趾間長出一堆小膿疱，快速蔓延成一片膿腫。皮膚科醫生告訴我，發炎情況嚴重，蕈狀贅生物孳生的黴菌感染一整片區塊。有治療方法，但是耗時冗長，好幾個星期之後才會有顯著改善。我每夜被痛醒，撓腳撓上幾個鐘頭直到出血，才能稍稍暫時解癢。真是奇怪，那幾根看起來無用的肥胖腳趾，竟會受到這樣一陣陣針刺酷刑的摧殘。

一夜，我又開始瘋狂撓腳到出血，我起身，走到窗戶邊，半夜三點鐘，但是巴黎的夜總是黑得不完整。從我窗戶看出去，可以看到十幾棟大樓和好幾百棟高度中等的建築。加起來大約有幾千間公寓，也代表幾千戶人家——大致說來，巴黎的每戶人家減少到一或兩個人，愈來愈多是一戶一人獨居。這些人家目前大都關著燈。跟大部分的這些人比起來，我並沒有更多值得自殺的原因，仔細想想，自殺的原因反而比他們少多了：我的生命標示著一些真實的學術成果，我屬於雖然範圍狹窄但受到公認甚至敬重的學術界。經濟方面我沒什麼可抱怨的，我什麼事都不必做，直到死前都可領一筆高薪，比國人平均收入高出一倍。然而，我感覺自己離自殺愈來愈近，並非感到絕望，甚至沒有什麼特別的悲傷，僅僅是如畢夏[44]所說的「反抗死亡的整體功用」慢慢衰退。光是活著的慾望顯然已不足以反抗身體病痛，以及一個西方平凡人生命中會遇到的艱辛困難，我連為自己活著都做不到，難道會為其他人而活嗎？我對人類整體已經失去興趣，甚至覺得噁心，我絲毫不把人類視為我的兄弟，更遑論是人類中分支的小派別，例如我的同胞、我以前的同事。然而，以一種令人不快的意義來說，我必須承認這些人與我同類，但就是這種相似性讓我想逃離他們；必須要是個女人，這是個傳統、經過證實的解決方法，女人當然也是人類，但是是一種稍微不同的人類，給生命帶來某種不同的氛圍。於斯曼很可能有

44　譯注：畢夏（François Xavier Bichat, 1771-1802）：法國著名醫生，解剖學大師，著作等身。

幾乎相同的想法，情況自古以來並沒有多大轉變，最多只是以不具體、緩慢瓦解的方式，消除了男女之間的不同——甚至我認為這個說法還是大大誇張了事實。他最後選擇了另一條路，選擇了**神性**這截然不同的氛圍，但是這條路一直令我驚訝困惑。

又幾個月過去，我的汗疱疹終於藥到病除，但是立刻取而代之的是極為嚴重的痔瘡爆發。天氣愈來愈冷，我出門的次數愈來愈少：每星期一次到「佳喜樂大超市」採買一週的食物和清潔用品，每天到信箱拿我在亞馬遜訂購的書籍。

年底節慶假日，我並沒有覺得特別絕望。前一年我還收到幾封祝賀新年的電子郵件——亞麗絲、還有大學以前幾位同事寄來的。今年是頭一次，一個人都沒有。

一月十九日夜裡，我被一陣突然來襲的眼淚淹沒，哭個不停。天一亮，曙光出現在克里姆林比樹方向時，我決定回到利吉格修道院去，也就是於斯曼獲得修士資格的地方。

❖

往普瓦提埃的高速火車一開始就顯示延誤，時間未定，國鐵的保安人員在月台上來回巡視，確保沒有任何旅客敢偷偷點上香菸。整體來說，我的旅程一開始就不太順，上了火車之後又還有新的不愉快等著我。行李放置空間比我上一次坐火車時還要更加縮減，幾乎沒地方放行李了，車廂走道堆滿行李箱和背包，引起旅客抱怨，之前火車旅客旅行間唯一在車廂間走來走去的愉快當然就被磨滅了。我花了二十五分鐘才走到的餐車又是另一個失望：已經不怎麼豐盛的菜單上，大部分的東西都缺貨，國鐵公司和火車餐點公司為此致上歉意；我只好買一份藜麥羅勒沙拉，和一瓶義大利品牌氣泡水。我上火車前在車站報刊亭，於絕望之中買了一份《解放報》（*Libération*）。火車快到聖皮耶帖古時，報上一篇文章引起我的注意：新任總統提出的「配給主義」並不像剛開始外表上那麼無害。當年切斯特頓和貝洛克提出的政治哲學，主要的立基點就是「輔助原則」。根據這個原則，若是小的單位（不管是社會的、經濟的或是政治的）可以負責的任務，任何與之相較比較大的單位都不可以取而代之。教宗比約十一世在所著的百科全書式《四十年通諭》（*Quadragesimo Anno*）中，對這個原則下了如此定義：「就如同剝奪一個個體、一個私人公司可以完成的權限，將之轉移到一個群體、一個大企業，一個高層而大型組織竊取較小型單位可以有效達成的功能，這是一種罪惡，而且是有害公眾秩序的做法。」照這樣看來，賓阿貝所瞄準的所謂「有害公眾秩序」的太過大型組織，別無其他，正是社會福利系統。他在晚近發表的談話裡，感性十足地表示：可有比「家庭團結的溫暖」更感人的嗎！……「家庭團結的溫暖」以目前來講還只是個籠統的「計畫」；但比較具體的是，政府的最新預算預備三年之內將國家社會補助減低百分之八十五。

更令人訝異的是，他從一開始的催眠魔力還依舊管用，推行的計畫幾乎都沒受到多大的反對。左派向來最會硬生生吞下右派提出的反社會福利改革措施，現在面對穆斯林政黨，似乎還更乖乖忍氣吞聲。《解放報》國際版上，我讀到阿爾及利亞和突尼西亞進入歐盟的協商進展快速，這兩個國家應該會在次年年底之前如同摩洛哥一樣加入歐盟。利比亞和埃及的初次協商也已開始進行。

我的旅途在到達普瓦提埃之後似乎比較順利了。車站前有足夠數量的計程車，司機聽到我要去利吉格修道院，絲毫未顯驚訝。他是個五十多歲的人，胖胖的，眼神審慎而溫柔，謹慎地開著他的豐田休旅車。他告訴我，每個星期都有來自全世界的旅客，前來投宿這全西方基督教世界最古老的修院。就在上個星期，他載到一個知名的美國明星——他不記得名字了，但是確定在電影裡看過他……幾句話下來，他雖不能肯定、但幾乎可確定是布萊德·彼特。他推測我在這裡一定會很愉快：地方安靜，伙食很棒。我在他說這些的時候，意識到他不僅僅是這樣想，甚至希望我會過得愉快，他是屬於為數不太多希望其他人過得好的那種人，簡而言之，是人們常說的「敦厚善良的人」。

修道院大廳左邊是專賣店，販售修士們手工製的產品，但店關著；右邊是接待室，目前空無一人。一塊小牌子上寫著，若接待人員不在請按鈴，但時辰禮儀期間若非緊急事故請勿打擾。牌子上詳細寫著禮儀開始時間，但沒寫持續多久，我算來算去，再加上用餐時間，得出結論：若在一天之內做完這些時辰儀式，每一個禮儀應該不會超過半個鐘頭。又快速算了一下，現在這個時刻介於第六時辰和第九時辰之間，因此我可以按鈴。

幾分鐘之後，一個個子高大、穿著黑色道袍的修士出現了，看見我露出一個大大的微笑。他高高的額頭上貼著許多栗色小鬈髮，染點灰色，一把鬍子也是栗色的，我猜他最多五十歲。

「我是裘埃兄弟，是我回覆您的電子郵件的。」他說完不由分說地拿起我的行李，「我帶您到您的房間去」。他身體直挺，拎著我滿重的行李絲毫不顯吃力，總之他看起來身體健勇。「我們很高興再次見到您，」他接著說：「已經二十多年了，不是嗎？」我想必是以全然不解的表情看著他，因為他問道：「二十多年前您曾是我們的賓客，不是嗎？那時候，您正在寫有關於斯曼的書？」沒錯，但我驚訝他還記得我，至於我，我絲毫不記得見過他。

「您是人們所稱的接待兄弟嗎？」

「不，不，完全不是，但我那個時候是。這個工作通常是年輕兄弟擔任——我是說修士生活中比較年輕的兄弟。接待兄弟的工作是接待賓客，和塵世依舊有接觸，擔任接待兄弟有點像過渡，在修士決定遁入修門不與外界接觸之前的中間時期。我當年擔任接待兄弟一年多。」

我們沿著一個滿漂亮的文藝復興式建築往前走，四面圍著一座大花園，冬日的陽光耀眼，閃耀地映在積著落葉的小徑上。再遠一點，是一座和隱修院內院的牆差不多高的教堂，哥德晚期風格。「這是原本修院的教堂，於斯曼那時看到的是這一座……」裘埃兄弟告訴我：「但是孔布下達法令驅散各地修會，我們再重組修會時，拯救了隱修院內院，教堂卻已衰敗救不回來，只好在修道院內再蓋一座新教堂。」我們在一棟單層樓的建築前停下，也是文藝復興式風格。「這是賓客住宿的地方，您就住在這裡……」他說。就在此時，一個虎背熊腰、四十來歲的修士，也穿著一襲黑色道袍，從小徑另一頭跑過來。他精神奕奕，禿頭在陽光下幾乎閃閃發光，給人一種開朗活潑、精明能幹的感覺；他讓我想到財政部長，或說預算部長會更恰當，就是那種會讓人交付重要責任的人。「這位是皮耶兄弟，我們新上任的接待兄弟，您在這裡一切生活方面的問題由他負責……」裘埃兄弟對我說：「我只是來向您打個招呼。」他邊說邊深深一鞠躬，和我握手後朝隱修院內院走去。

「您坐高鐵來的嗎？」接待兄弟問我，我回答是。「是啊，搭高鐵真的很快。」他接著說，顯然想找些共同話題聊聊。他拿起我的行李，領我到我的房間。房間方方正正，每邊大約三公尺，牆上貼著淺灰色席紋壁紙，地上鋪著坑坑疤疤的灰色地毯。房間裡唯一的裝飾是一個深色木製十字架，掛在小單人床上方的牆壁。我立刻注意到洗手槽沒有冷熱水調溫水龍頭，也注意到天花板上裝設了煙霧偵測器。我對皮耶兄弟說這房間非常適合，但我已經知道不會太適合。在《路上》這本書裡，於斯曼不時冗長地描寫他擔心自己是否能忍受修道生活，最可能無法忍受的的原因，是修道院院所內似乎禁止吸菸。我之所以一直喜歡他，就是因為像這樣的句子，例如還有這一段：他宣稱活在世上最純然的愉悅，就是躺在床上，手邊一大疊好書和一包菸草。沒錯，沒錯，但是他那時代沒有煙霧偵測器。

一張有點搖晃不穩的桌子上，擺著一本聖經、一本小冊子——修道院長尚皮耶·隆紀神父（Jean-Pierre Longeat）寫的，關於退隱到修院的意義（特別注明：「請勿帶走」）、一張實用資訊寫著時辰禮儀與用餐時間。我瞄了一眼，看到幾乎快到第九時辰禮儀的時間了，但我決定抵達的第一天不去參加，反正象徵的意義不大，第三、第六、第九時辰的禮儀，目的只是「確保一天之內時時與上帝同在」。每一天有七次禮儀，再加上每日彌撒，這和於斯曼的時代一樣，沒有改變，唯一變動的是以前半夜兩點鐘的夜禱提早到晚上十點鐘舉行。我上次來的時候，很喜歡這夜裡充滿冥想聖歌的禮儀，和睡前禱（告別當日）與晨曦禱（迎讚新的早晨）很不同，夜禱是純粹的等待，是沒有期望什麼之時的最後希望。當然，寒冬裡，在教堂裡沒暖氣的年代，這個禮儀可能滿辛苦的。

最令我驚訝的是，在相隔二十多年之後裘埃兄弟還認得出我。這相隔的時間裡，自從卸下接待兄弟工作之後，他的生命裡可能沒發生多少事吧。在修院的工坊幹活、每天參加禮儀儀式，他的生活平靜，甚至可能快樂，和我的生活完全相反。

我在大花園裡散了很久的步，抽了很多根菸，等待晚禱時間來到，這是晚餐之前的禮儀。

太陽愈來愈烈，映照在霜上閃閃發亮，把建築外牆的石頭燃起金黃光輝，滿地的落葉照成紅色。我已不再清楚自己來這裡有什麼意義，這意義有時黯淡顯現，又立刻消失，但是很明顯的，這意義和於斯曼已沒有多大關聯。

❖

接下來的兩天，我已習慣這一連串的禮儀，卻沒辦法真正喜歡。對我們外人來說，只知道彌撒是虔誠祈禱，和上帝的唯一接觸，其他的禮儀都是一天之內取其適合時辰的聖歌讚美詩，有時中間穿插由修士朗誦的聖經片段——如同吃飯時一片靜穆無聲，配著聖經朗誦進餐。修道院內新建的教堂是低調式的醜陋，讓我想起巴黎天使報喜街上的Super-Passy商場，教堂內部彩繪玻璃是簡單而抽象的一點一點顏色，不值得一看；不過這一切在我眼裡，沒有一點重要性，我不是美學家，不像於斯曼，當代宗教藝術均一的醜陋對我來說不痛不癢。修士的聲音在冷冽的空氣中升起，純淨、卑微、和煦，這聲音充滿溫柔、希望、期待。主耶穌將會來到，很快就會來到，祂的溫煦和出現已經讓他們的心靈充滿喜樂，這就是那些聖歌圍繞的唯一主題，全部身心溫柔等待的聖歌。尼采以他老娼妓般的嗅覺，說了一句鞭辟入裡的話：基督教其實就是個女性化的陰柔宗教。

這一切其實也滿適合我，但是一回到房間，情況整個敗壞，煙霧偵測器的小小紅眼盯著我，充滿敵意。我有時跑到窗邊抽菸，發現景況比起於斯曼的時代也衰敗許多：高速鐵路就經過修道院大花園的旁邊，直線距離兩百公尺，火車高速經過，震得鐵軌轟轟響，一個鐘頭好幾次打斷修院裡的清幽冥想。天氣愈來愈冷，每到窗邊抽完根菸，都得回頭縮著身體抱著房間裡的暖氣好幾分鐘。我的情緒愈來愈消沉，尚皮耶．隆紀神父——他當然是位傑出的修士，滿心善良與愛意——寫的精美小冊子愈來愈讓我絕望。「生命應當是不間斷的愛的交流，不管是在艱苦或是在喜樂之中。」神父這麼寫著，「把握在這裡的這幾天，加強愛人的能力，也讓你以語言和行動被人所愛。」「笨蛋先生，你完全離題了好嗎？我是一個人在房間裡，」我火大地挖苦譏笑。「你來到這裡，是要放下行李，做一次內心旅行，在這個你渴望力量泉源的內心，」他又寫道。「我的渴望很明顯，」我怒火爆發，「只不過想抽根菸，你懂我的渴望就是這個嗎？笨蛋先生，這就是我的泉源所在。」我或許不像於斯曼感覺自己「被荒唐享樂耗盡乾竭」，但我的肺被香菸耗盡乾竭，這點呢，是無庸置疑的。

「傾聽、品嘗和品茗、哭泣和歌唱，敲開愛的大門！」隆紀神父心醉神迷地吶喊。第三天早上，我明白我該離開了，這次的停留只會以失敗告終。我對皮耶兄弟敞開心門，解釋因為完全突如其來的職責所需，極端重要無法延遲的任務，迫使我只好縮短這次的心靈之旅。他那和皮耶·莫斯可密契[45]神似的模樣，我知道他會相信，或許在當接待兄弟前不久的過去，他就曾是和皮耶·莫斯可密契一樣的人，總之，我和皮耶·莫斯可密契很合得來，我知道我們之間不會有問題。當我們在修道院大廳接待處道別時，他說他希望我在這裡走的這一小段心靈之路是光明的。我回答說當然是，一切都很棒，但我感覺這一刻，我的回答有點不如他所期望。

昨夜，大西洋上一股低氣壓由西南部逼近法國，氣溫陡然上升了十度，一股濃霧瀰漫在普瓦提埃附近的鄉野。我太早預約計程車，還有一個鐘頭要打發，就到修道院五十公尺外的「友誼酒吧」，機械式地灌下一杯杯Leff和Hoegaarden啤酒。女服務生瘦瘦的，妝太濃，顧客們大聲聊天——淨是聊房地產、假期。回到與我相似的人類之中，我一點都不覺得愉快。

---

45 譯注：皮耶·莫斯可密契（Pierre Moscovici, 1957-）：法國當代政治人物，以其亮光禿頭出名，故作者把禿頭的皮耶兄弟比作他。

第五部

「伊斯蘭若不是政治的話，它就什麼也不是。」

伊朗最高領袖何梅尼（Ayatollah Khomeyni）

❖

到了普瓦提埃火車站，我更換本來訂好的車票，下一班往巴黎的高鐵幾乎客滿，我補差額買了頭等商務車廂。國鐵公司標榜這是一個尊貴廂等，保證WiFi不出問題，桌板設計更大，可攤放文件資料，插頭可避免筆記型電腦沒電的意外；除了這些，就和一般頭等車廂一樣。

我的位置是一人座，對面沒有座位，是順著火車行進的方向。走道另一邊，坐了一個五十多歲的阿拉伯商業人士，穿著一襲白色阿拉伯長袍，頭上綁著阿拉伯頭巾，也是白色的，他應該是在波爾多上的車，桌板上已經擺著電腦，文件資料攤在旁邊。他對面坐著兩個剛過完青春期的年輕女生——無疑是他兩個妻子——吃了一大堆零食，買了一大堆書報攤的雜誌。她們兩個活潑開朗，穿著長袍，戴著花色頭巾。現在她們一個在看《小氣鬼畢蘇月刊》，另一個看《Oops流行雜誌》。

至於商人呢，看起來像是遇到極大麻煩，打開電子信箱，下載一個包含一堆Excel圖表的附件，查看這些資料似乎更加深他的憂慮。他在手機上按了一個電話號碼，開始一段冗長的低聲對話，我不知道是什麼事，也不怎麼感興趣，所以埋頭專心看我的《費加洛報》，裡面談到房地產及奢侈品消費方面，法國新近注入了一股新的活力。以這個角度看，法國前景極被看好，波斯灣國家人民現在認為法國是個友邦國家，愈來愈想在巴黎或蔚藍海岸擁有一間度假屋，比原來的中國和俄國買家還更富有，總而言之，市場一片榮景。

兩個年輕女生哈哈大笑，專心玩著《小氣鬼畢蘇月刊》上「找出七個錯誤」的遊戲。商人抬起頭，對她們露出齜牙咧嘴痛苦的責備微笑。她們也對他微笑，繼續低聲興奮地吱吱喳喳。他又拿起手機，開始另一段對話，和上一通同樣冗長而機密。在伊斯蘭制度裡，女人——好吧，是說那些長得夠漂亮、可以吸引有錢男人的女人——其實可以一輩子都是孩子。剛走出童年就成為母親，所以又重返孩童的世界。她們的孩子長大，她們成為祖母，生命就這樣過去，只有其中幾年時間，她們可以買性感內衣，把孩子遊戲轉換成性遊戲——老實說這兩者其實相差無幾。當然，她們失去自主權，但**去他的自主權**，我自己不也是嗎？我必須說放棄一切職業上、學術上的責任，不但不困難，甚至還鬆了一大口氣，而且我一點都不羨慕高鐵頭等商務車廂走道另一邊的這位商人，隨著手機持續通話，火車駛經聖皮耶帖古時，他的臉幾乎憂慮得宛如槁木死灰，想必情況真的很糟糕。至少，他有兩個纖細迷人的妻子作為撫慰——或許巴黎還有另外兩個妻子，我記得伊斯蘭教律好像最多允許四個妻子。我父親呢，他有過……我母親，一個神經質的老娼妓。想到這我一陣冷顫。現在她已經死了，他們兩個都死了，我是唯一還活著——儘管這陣子很疲倦——見證他們愛情的人。

❖

巴黎的天氣也變得溫煦，但氣溫還是沒升高那麼多，寒冷的細雨籠罩整個城市。托勒比亞克街車流壅塞，走過這條街讓我覺得超乎尋常地久，我好像從來沒走過一條那麼長、那麼沉悶、無趣、走都走不到盡頭的街。我回到家，並沒期待任何東西，只是各種不同的煩擾罷了。然而，令我吃驚的是，信箱裡有一封我的信——我是說既不是廣告、帳單，也不是行政公文的東西。我厭惡地看一眼客廳，無法擺脫這明顯的事實：那就是我回到家一點都不感到喜悅，回到這沒有人相愛、沒有人愛的公寓。我倒了一大杯蘋果燒酒，打開信。

信的署名是巴斯田·拉固——我當時沒注意這個消息，但他好像幾年前接替雨格·布拉蒂耶[46]，成為七星詩社出版社（La Pléiade）的社長。他在信中先說於斯曼無疑是法國古典小說中的重要一員，不知出於什麼原因，尚未出現在七星詩社出版叢書之內；這一點，我再贊同不過了。信中接著寫道，他堅信出版社若要委託整理於斯曼著作的人選，以我國際知名的專業研究成果來看，此人非我莫屬。

這種提議是沒有人能拒絕的。當然，要拒絕也可以，但那就是拒絕學識領域上、社會地位上一切形式的野心——簡言之就是一切形式的野心。我真的準備好接受這個重任嗎？我需要第二杯蘋果燒酒來思考這個問題。思考一陣之後，我覺得下樓買第二瓶蘋果燒酒是審慎的決定。

我很輕易敲定和巴斯田·拉固兩天後見面的約。他的辦公室和我想像的一模一樣，精心布置的老派風格，要登上三層陡峭的木製階梯，對著疏於整理的內院花園。他看起來就像普通典型的學者，戴著橢圓形無框小眼鏡，還挺開朗，對自己、對世界、對他所處的地位都很滿意。

會面之前我花時間準備了一下，建議將於斯曼的著作總集分冊出版，第一冊收編從《辛香料盒》到《布崗先生的退隱》（*La retraite de monsieur Bougran*，我把這本書寫作於一八八八年的推算視作最可信的說法），第二冊是以杜塔爾為貫穿主人翁的所有著作，從《那邊》直到

《居士》，當然也加上《露德朝聖地的人群》（*Les foules de Lourdes*）。這個分冊方式簡單、符合邏輯、不言自明，不會有太大困難。比較麻煩的向來是注釋。某些自以為學術性的出版物，把於斯曼提到的所有數不清的作者、音樂家、畫家都做了資料注釋。我認為這完全沒必要，就算放在書冊最後面也不妥。這些注釋除了會讓出版物顯得厚重之外，我們也無法確定例如對拉科坦斯[47]、佛里諾的安潔[48]、格呂內華德這些人的解釋到底是過多或是不夠，想多了解的讀者可以自己去查，不就結了。至於於斯曼和當代作家們的關係——左拉、莫泊桑、巴貝、古爾蒙（Gourmont）、布洛瓦，我認為介紹性的解釋可以放在前言。有關這一點，拉固也立刻同意我的看法。

相反的，於斯曼使用的艱深字彙和新詞，則絕對需要加注——我認為注腳放在每頁下方，比較不會影響閱讀。他深表同意。「就這一點，您那本大作《令人暈眩的新詞》已經完成了大

---

46 譯注：雨格．布拉蒂耶（Hugues Pradier）是自一九九七年以來七星詩社叢書的社長，至今在任，書中說繼任的巴斯田．拉固則是小說虛構人物。

47 譯注：拉科坦斯（Lactance, 240-320）：西元三至四世紀古羅馬學者。

48 譯注：佛里諾的安潔（Angèle de Foligno, 1248-1309）：十三世紀義大利方濟會修女，後成為聖女。

量研究！」他開心地說。我舉起右手，做了個謹慎的手勢，澄清承蒙他提起的那本拙作，其實只觸及問題表面，頂多談到於斯曼式的語法字彙四分之一而已。他也舉起左手，做了個安撫的手勢，他當然絕對不是低估我負責這個出版計畫將面對的大量研究工作，目前尚未訂出完成期限，這方面我可以放心。

「是啊，您是為永恆工作……」

「這聽起來有點自負，但其實就是，總之這是我們的企圖。」說完這話，有片刻的沉寂，帶著些微必要的神聖氣息；我覺得一切順利，我們很有共識，這七星詩社出版的《於斯曼全集》將會很成功。

「羅伯．何帝傑很遺憾……大學改制後，您離開了索邦……」他以惋惜的口吻說。「我之所以知道，是因為他是我朋友，一個很有私交的朋友。」他語氣帶著一絲挑釁。「某些教員，學術程度很好的，留了下來。另一些，也是學術程度很高的，離開了。任何一位老師離開，包括您，對他來說都留下一道傷口。」他有點突兀地結尾，好似內心撕扯著保持禮貌的義務和他的私人友誼。

我根本無從回答，沉默了一分鐘之後，他似乎明白了這一點。「總之，我很高興您接受我這小小的出版計畫！」他搓著手開心地說，好像我們剛剛開了學術界一個無傷大雅的玩笑似的。「您知道嗎？我認為這完全不合理、令人遺憾，像您這樣一位……我是說像您學術程度如此高超的人，突然之間不能教書，不能出版，什麼都沒有！」說完這句話，他或許感覺自己語氣太過悲愴，便神不知鬼不覺地站起身，我也站起來，比他顯示出多一點活力。

無疑是為了讓我們說定的計畫增加更多重要性，拉固不只送我到門口，還和我一起走下樓（「小心，樓梯滿陡的！」）、穿過走廊（「簡直像迷宮！」他開玩笑地說，其實並不像迷宮，只是兩條走廊直線交叉，順著直接就走到接待大廳了），直送我到加斯東伽利瑪街上的「伽利瑪出版社」大樓門口。空氣變得比較乾冷，我突然發現我們根本沒提到費用的問題。他似乎能讀到我的想法，一隻手靠近我肩膀——但是沒摸到——輕聲說：「我這幾天會擬好合約給您。」又一口氣接著說：「還有，星期六有個慶賀索邦大學復學的小型晚會，我會把邀請函一併寄給您，我想羅伯會很高興您能來參加。」這一回，他直接拍拍我的肩，然後和我握手道別。他最後這幾句話似乎輕鬆衝口說出，好像完全是突然不經意想到的，但我在那一刻感覺到，其實最後這幾句話解釋了所有其他事情。

❖

晚會在晚上六點鐘開始，在「阿拉伯世界文化中心」頂樓舉行，包下整個會場。我在入口處遞上邀請函時有點擔心：會遇到誰呢？當然有沙烏地阿拉伯的人，邀請函裡寫著會有一位沙烏地王儲與會，我早聽過他的大名，就是新的巴黎索邦大學出資人。或許還會見到以前的同事，那些接受新制聘任的同事——但是除了史蒂夫之外，我一個都不認識，而史蒂夫是我目前最不想遇到的人。

然而我一踏進吊燈照得輝煌的大廳裡沒幾步，還是看到了一位舊同事貝爾當・德基尼亞克，我和他不算有私交，大概只說過一兩次話。他在中古世紀文學領域，國際知名，經常到哥倫比亞大學、耶魯大學演講，他同時也是關於《羅蘭之歌》（*Chanson de Roland*）一本權威參考研究書的作者。其實，新大學校長延攬到的教師裡，只有他是舉足輕重的人物。但是除了這一點，我和他話題有限，中古世紀文學領域對我來說是塊陌生土地，因此我乖乖吃了幾道阿拉伯冷盤小菜——不管冷的熱的都很可口，搭配的黎巴嫩紅酒也挺不賴。

我並不覺得晚會非常成功。三到六人各自成小圈圈，阿拉伯和法國人混合，在金碧輝煌的大廳裡走來走去，交談不怎麼熱絡。擴音機播出了阿拉伯—安達魯西亞調調的音樂，縈繞糾纏且陰陰慘慘，並不能改善氣氛，但問題不在這裡，在與會人士之間瞎晃了三刻鐘、吃了十幾個小菜、喝了四杯紅酒之後，我突然間發現哪裡不對勁了：全場清一色只有男人，沒有一位女性受到邀請。想要保持一個還可以接受的社交生活，沒有女人——也沒有足球迷，儘管這和大學氛圍有點不合——是難以忍受、不可思議的事。

不久之後，我看見拉固，窩在大廳一角，在一個人數比較多的人群之間，除了他之外，人群中有十幾位阿拉伯人和其他兩位法國人。他們那群人熱烈討論，只除了一個五十多歲的男人，大大的鷹勾鼻，臉肥胖而嚴肅，他簡單地穿著一襲白色阿拉伯長袍，但我立刻明白他就是那一群人之間最重要的人物，或許就是王儲本人。他們一個接一個激烈地似乎在辯解什麼，只有他保持沉默，不時點點頭，但臉色一直陰鬱嚴肅，反正感覺是有問題在發生，只是不關我的事，我轉頭往回走，拿了一個牛肉乳酪餡餅，和第五杯紅酒。

一個瘦削、非常高大、稀疏長鬍子的老人靠近王儲，把他拉到一邊說話，那群人失了中心人物，各自散開。拉固在大廳裡隨步亂走，身旁跟著剛才人群中的一個法國人，他看到我就揮手向我走來。他的樣子驚惶失措，介紹他身旁的人和我的時候幾乎聽不見聲音，所以我根本沒聽到他身旁那個人的名字，那人頭髮看似塗著髮膠，精心梳往腦後，穿著一身深藍色三件式西裝，從上到下無懈可擊的白色細斜紋，微微閃亮的西裝料極為輕柔，應該是絲質，我真想摸一下，幸好及時忍住了。

問題是，王儲極為生氣，因為教育部長本來正式表示會前來，卻沒有出現。不只部長本人沒來，甚至沒派任何教育部代表人員前來，一個人都沒有，「連高教司總祕書都沒來……」他驚恐地說。

「自從上次政府改組以來，就沒有高教司總祕書了，我已經跟您說了！」跟在他身邊的那個人惱火地說。對他來說，情況比拉固想的還要糟糕：部長明明答應會來，前一天他才收到確定消息，但是賓阿貝總統介入，讓部長取消行程，而目的很顯然是要羞辱沙烏地王儲。和最近一些更重要的新措施的方向一致，例如重新推動核能、發展電動汽車：新任政府這些措施，很明顯試圖在短期間之內達到能源獨立，擺脫對沙烏地石油的依賴；這一點當然會影響到索邦伊斯蘭大學，但我認為這是索邦校長自己要解決的事。這一刻，我看見拉固頭轉向一位剛走進大廳的五十多歲男人，那人朝我們快步走過來。「羅伯來了！」他大鬆一口氣說，就好像摩西降臨。

在報告情況之前，他終於花了點時間把我介紹給校長，這一次說話聲音很清楚。何帝傑熱切地和我握手，強而有力的手勁幾乎捏碎我的手，說非常高興和我見面，期待已久。他的外表很引人注目：人非常高，應該超過一米九，非常強壯結實，胸膛寬碩，肌肉強健，老實說體型比較像橄欖球員，而非大學教授。他臉龐曬成古銅色，交叉著深深的皺紋，頭髮全白但髮量頗多，剪得短短的。他穿著有點突兀，牛仔褲和一件飛行員的皮夾克。

拉固很快向他報告問題所在，何帝傑點點頭，低聲說他早就懷疑會有這麼一招，沉吟了幾秒鐘之後，說：「我打電話給戴洛梅，他知道該如何處理。」他從外套口袋掏出一支幾乎是女性化的小小手機殼，在他大手掌裡顯得更微小，他避到幾公尺外，開始按號碼。拉固和他身旁的那個人看著他，不敢靠近，擔憂地杵著等待，他們的玩意兒開始讓我厭煩，尤其我覺得他們蠢斃了，我知道當然要順著石油美金的毛摸，但只消隨便抓個無關緊要的人來充當一下，不是充當大家在電視上已經認識的部長，只需要介紹他是部長辦公室主任不就行了，旁邊那個三件式西裝的路人甲就可以完美充當辦公室主任，那些沙烏地人不會識破，他們實在把簡單的事複雜化了，不過這反正是他們的問題，我拿了最後一杯酒，走到外面陽台，聖母院打著燈光，超凡絕美，氣溫暖和，雨也停了，夢幻般的光線映照在塞納河上。

我大概這樣待著凝視了很久，再回到大廳時，在場的人數比較稀疏，當然還是全部是男性，拉固和三件式西裝男都不見了。好吧，我也不算白來，我一邊想一邊收起黎巴嫩熟食店的廣告小冊子，他們的點心真好吃，還可外送，這讓我在印度熟食外多了一個選擇。我在衣帽間領回外套時，何帝傑靠到我身邊，「您要走了？……」他輕輕張開雙臂，一臉惋惜。我問他那禮儀問題解決了沒。「解決了，我好不容易弄妥了。部長今晚不來，但他親自打電話給王儲，約他明天早上到教育部開個早餐工作會。史哈梅克[49]說的沒錯，我捏了一把冷汗。是的，這是賓阿貝刻意的羞辱，他和年輕時往來密切的卡達那方愈來愈交好。總之，未來要操煩的還很多，唉……」他揮揮右手，像要驅散這不愉快的話題，然後把手放到我的肩膀上。「我真的很抱歉，這個小插曲影響了我們的交談，您一定得找一天來我家喝個茶，我們才得以有充裕一點的時間……」他突然衝著我露出微笑，他的微笑很迷人，非常直爽，幾乎帶著孩子氣，配在這個如此陽剛的人身上，很令人訝異；我想他自己也知道這點，同時也深知利用。他把名片遞給我，「我們說定下星期三傍晚五點，可以嗎？您可有空？」我回答可以。

❖

在地鐵裡，我看著新交際對象的名片，依我眼光，名片高雅有品味。何帝傑有一支私人電話、兩支公務電話、兩支傳真（一支私人一支公務）、三個不知是私人還是公務電子郵件住址、兩支手機電話（一支法語一支英語）、和一個Skype帳號，這是個想盡辦法要讓人能聯絡得到的人。繼拉固之後，現在我真正晉身與高層人士往來，這幾乎讓人憂心。

他還有一個住家住址：競技場街五號，這是目前我唯一需要的資訊。我記得競技場街是條迷人的小路，通到呂特斯競技場，這個小廣場也是巴黎最美的角落之一。那裡有美食評論家彼帝荷諾和布洛夫斯基推薦的肉店、乳酪店，更遑論那一帶的義大利食品店。這一切都讓人極度放心。

---

49 譯注：史哈梅克（Olivier Schrameck, 1951-）是法國目前政府高官，曾任教育部辦公室主任、總理辦公室主任。

地鐵到了蒙日廣場站，我做了個錯誤的決定，走「呂特斯競技場」那個出口。當然，以地理位置來說，走這個出口沒錯，但我忘記這個出口沒有電梯，而蒙日廣場這個地鐵站深入地底五十公尺，我走出地鐵站時已經累兮兮喘不過氣來，這地鐵站出口很奇特，是在花園圍牆上挖出來的，粗大的石柱、立體派的標示，整體呈現新巴比倫的風格，和巴黎一點都不搭——應該說和歐洲任何一處都不搭。

走到競技場街五號前面，我發現何帝傑不只是住在第五區一條迷人的街上，他住在第五區一條迷人的街上一棟獨門獨戶的房子裡，不僅如此，他住的是一棟有歷史價值的獨門獨戶房子。門牌五號的這棟房子，正是那棟奇特的新哥德式建築，側邊有座四方高塔，有點像城堡四角的圓塔，尚．波朗[50]從一九四〇年到一九六八年過世期間，就是住在這棟房子裡。我個人是很難以忍受尚．波朗，不管是他暗中掌權的那一面，或是他的著作，但是必須承認他是戰後法國最重要的出版人之一，而且曾住在一棟非常漂亮的屋子裡。我對沙烏地阿拉伯對新大學慷慨解囊的財力，愈來愈嘆為觀止。

我按了電鈴，一位管家前來接待我，他穿著乳白色中山裝制服，讓人想起以前的獨裁者格達費。我報上名字，他傾身彎腰，主人正等著我。他請我在彩繪玻璃透著光線的小廳稍待，他將通報何帝傑教授。

我等了兩、三分鐘，左邊一扇門打開，一個大約十五來歲的女孩走進來，穿著低腰牛仔褲和凱蒂貓T恤，長長黑髮飄散在肩上。她一看到我就大叫一聲，笨拙地想遮住臉和手，回頭跑出去。就在此時，何帝傑出現在樓上的樓梯間，下樓梯走向我，他看到剛才那一幕，邊和我握手邊做了個無可奈何的手勢。

「那是愛伊莎，我新娶的妻子。她一定會很不好意思，因為您不應看到她沒戴頭巾的樣子。」

「我真的很抱歉。」

「不，您不必抱歉，是她的錯，她進前廳之前應該先看看是否有訪客。不過她還不習慣這棟房子，以後就習慣了。」

「是啊，她看起來很年輕。」

---

50 譯注：尚・波朗（Jean Paulhan, 1884-1968）：法國作家、文評家、出版人。

「她剛滿十五歲。」

我跟著何帝傑上樓到一間很大的圖書室，牆壁很高，天花板應該接近五公尺高。一面牆上擺著滿滿的書籍，我瞄了一眼，發現有非常多的古版書，尤其是十九世紀的。兩個滑動的牢靠金屬階梯，可以搆到最上層的書。對面的牆整面覆著深色木質藤架，掛著綠色植物，常春藤、蕨類、爬山虎，垂掛的葉子從天花板垂到地面，蜿蜒圍著畫框，畫框裡有的是書法寫的古蘭經詩句，有的是無光相紙的大幀照片，照片上是銀河雲系、超新星、漩渦星雲。角落斜角擺著一張督政府時期的大書桌。何帝傑把我領到大書桌的對面，放著兩張扶手椅，罩著紅綠條紋的褪色椅背和椅墊，中間是一張銅製桌面的大矮桌。

「我有茶，如果您喜歡喝茶的話。」他一邊讓座一邊說：「我也有酒精飲料，威士忌、波本酒，還有很多其他的，也有一款非常棒的梅索白葡萄酒。」

「那就梅索白酒吧。」我回答，心裡還是有點納悶，我記得伊斯蘭教禁止飲酒，至少我知道的是這樣，不過老實說我對這個宗教認識有限。

他走出去，可能是去吩咐人拿酒過來。我的扶手椅面對著一扇高大的舊式窗戶，細細交叉的鉛條劃出一個個小窗格，窗戶對著競技場，這視野真好，我想這是第一次我看見競技場的整個圓形階梯。看了幾分鐘之後，我轉而注意書櫃，這書櫃也很令人震撼。

書櫃下面兩層放滿A4大小的複印本，都是博士論文，在歐洲各地大學答辯通過的論文；我看了幾冊標題之後，看見一冊在比利時天主教魯汶大學答辯的哲學論文，著作者是羅伯·何帝傑，題目是《蓋農[51]，尼采的讀者》。我正把這本論文抽出書架時，何帝傑走進來，我驚跳起來，像被抓到正在做壞事，就假裝正要把書擺回去。他走過來，微微一笑：「沒關係，沒有什麼祕密。何況，對像您這樣的人來說，對書櫃好奇幾乎是職責……」

他更靠近一些，看見書冊題目，「啊，您拿的是我的論文……」他搖搖頭。「我是拿到了博士學位，但寫的論文並不怎麼好，至少比您的論文差多了。怎麼說呢，我只是把一些文章匯集起來罷了。仔細想想，蓋農其實並沒有受尼采多大影響，他對現代世界的駁斥反對和尼采一樣強烈，但來自於截然不同的起源。總之，若是今日，我必定不會以相同的方式撰寫。我也收藏著您的論文……」他邊說邊從書架上抽出另一本論文，「您知道學校檔案中每本論文都保存

51　譯注：蓋農（René Guénon, 1886-1951）：法國哲學家，傳統主義學派的主要奠基人。

了五份，鑑於每年去檔案室參閱的研究員人數之少，我覺得拿一本回來收藏不算過分。」

我根本聽不見他在說什麼，幾乎瀕臨虛脫邊緣。我幾乎二十年沒看過這本《喬里—卡爾·於斯曼，隧道的出口》，書厚得嚇人，幾乎礙手礙腳——剎那間我想起來了，共有七百八十八頁，我好歹花了七年歲月才寫完的。

他拿著我的論文走回扶手椅，「這真是一個了不起的研究……」他堅持說下去，「它讓我想到年輕時的尼采，寫作《悲劇的誕生》（*Naissance de la tragédie*）的尼采。」

「您言過其實……」

「我不覺得，並不，《悲劇的誕生》其實也是某種論文，在這兩本論文裡，有著相同的令人難以置信的文思泉湧，大量想法未經準備就湧冒在扉頁中，老實說，這讓人幾乎讀不下去——何況，您八百頁都維持這樣的節奏，著實令人驚訝。從《不合時宜的考察》（*Considérations inactuelles*）開始，尼采就緩和下來，他領悟到不可能這樣把一大堆想法丟給讀者，必須要撰寫編排，讓他們有喘口氣的時間。您也是，在《新創詞的遺跡》裡，您也做了相同的改變，對讀者來說比較容易懂。您和他之間的差別，是之後尼采仍繼續創作。」

「我不是尼采……」

「不，您不是尼采，但您是個人物，一個令人感興趣的人物。請原諒我不修飾地直言，您是一個我要的人物。既然您已經明白，我就開門見山了：我希望能夠說服您重新回到我領導的巴黎索邦大學任職。」

這時候門打開了，這讓我得以避免回答，一個胖胖的、和藹的四十多歲婦人出現了，端著一個托盤，上面擺著一些熱的鹹點和放在冰桶裡冰鎮的一瓶梅索白酒。

「那是瑪麗卡，我的第一任妻子，」她走出書房後，他說：「您今天似乎總遇到我的妻子們，她是我還在比利時的時候娶的。沒錯，我原籍是比利時人……其實我一直都是比利時人，儘管在法國待了二十年，卻一直沒有歸化法國籍。」

熱的鹹點非常可口，有點辣又不會太辣，我吃出裡面芫荽的香味。酒超凡無比，「我認為梅索酒真的被大眾低估了！」我興奮地說：「梅索酒是一個整體表現，就像許多自成一個世界的好酒一樣，您不覺得嗎？」我現在什麼都想談，只除了大學職位的未來，但是我也知道，他終究又會繞回這個話題。

一段適當時間的沉默之後，他的確重回話題。「您接受監掌七星詩社出版社這本書出版的事宜，這很好，這件事不僅是明顯、應當，而且很好。拉固跟我提起這件事的時候，我是怎麼回答他的呢？我說這是正常的、有根據的，況且也是最佳的選擇。我很老實跟您說：除了貝爾當·德基尼亞克之外，目前我還沒延攬到真正值得尊敬、真正有國際聲譽的教師；當然，情況並不悲觀，大學才剛重新開放，但是在我們的對談裡，您可以看出我求才若渴，相對之下也並沒有什麼可以提供的；當然，還是有，金錢方面我可以大量提供，您也知道，金錢也是不可小覷的。當然，在學術領域來說，索邦大學的教職抵不上七星詩社出版社的監掌出版工作，這我知道。儘管如此，我至少可以擔保讓您真正的出版工作不受到影響，您只需擔任簡單的課程，針對一、二年級的大班級課程。博士班輔導課——我知道這很累，我已經上過太多了——您將不用負責，關於規定章程部分，我絕對可以搞定。」

他停下話，我清楚感覺他已經用光第一階段的論據，他喝了第一口梅索白酒，我則幫自己倒第二杯。我想自己從來未曾如此**讓人渴望**過。追求榮耀的機制很快會疲憊，或許我的論文如他所說的如此卓越，老實說我根本記不太清楚了，年輕時完成的學術成果似乎事隔已遠，好處只是讓我染上一層光環，其實我之後只想看看書，下午四點就躺上床，身旁擺著一條香菸和一瓶烈酒，不過我也必須承認，按照這樣的節奏，我將會快速死亡，不幸且孤單地死去，而我希望不幸且孤單地快速死去嗎？思前想後，我並不這麼希望。

我喝光酒，又倒了第三杯。隔著落地大窗，我看著夕陽落在競技場上，沉默變得有點令人尷尬。好吧，他亮出底牌，那我也亮底牌吧。

「但是還有一個條件……」我謹慎地說：「一個不能忽視的條件……」

他緩緩點點頭。

「您認為……您認為我是會皈依伊斯蘭教的人嗎？」

他頭沉得更低，好像沉浸在私密的思考中，之後，他抬起眼看著我，回答說：「是的。」瞬間，他又亮出他燦爛的微笑，這是我第二次看到這微笑，儘管驚訝度減低，但我必須說，他這微笑著實有效。反正，現在是他接招，該他發言。我吞下兩個現在變溫了的小鹹點心。太陽沉沒在競技場階梯看台之後，黑暗包圍了競技場，真難以想像兩千多年以前，古羅馬鬥士和野獸的競技真的在這裡發生過。

「您不是天主教徒，這才是可能的一個阻礙……」他緩緩地說。

我的確不是天主教徒，這一點是真的。

「但我也不認為您是真的無神論者。其實，真正的無神論者，很罕見。」

「是嗎？我反而覺得在西方世界，無神論已經廣泛分布到各個角落了。」

「依我之見，那只是表面。我所遇見的真正無神論者，都是**反抗者**，他們不僅是冷漠地指出神不存在，而且駁斥這個存在，就像巴枯寧[52]曾說：『就算神存在，也必須擺脫祂……』總之是基里洛夫[53]類型的無神論者，他們駁斥神是為了將人放到神的位置上，他們是人道主義者，對人類自由抱著極高的見解。我想這並非您的寫照？」

不，這的確不是我的寫照，光聽到人道主義這個詞就讓我有點反胃想吐，不過也或許是吃了太多鹹點，我又喝了一杯梅索酒，沖沖味道。

「其實呢，」他繼續說：「大部分人活著，並不太去在意這些，他們覺得這些是哲學領域的問題，只有在遇到罹患重病、親人過世等等悲劇事件時才會想到。不過這只是在西方，在世界上其他地方，人就是為了這些問題而犧牲生命、互相殘殺，他們發動血腥的戰爭，自從有人類以來就是如此。人們奮鬥絕不是為了經濟成長指數，或是狩獵土地範圍，而是為了這些形而上的問題。然而，就算是在西方，無神論其實毫無真正的根基。每當我跟人們談到神，通常會先借給他們一本關於天文學的書……」

「您掛的這些照片很美。」

「是啊，宇宙之美如此驚人，尤其它的浩瀚令人屏息。好幾千億的銀河系，每個銀河系又以好幾千億的星球組成，某些星球距離在好幾億光年之外——這代表好幾萬兆公里。也就是說，在一億光年的單位裡，就開始存在一個秩序：浩大的銀河系各自分開，形成一個迷宮般的圖形。把這個事實呈現給路上隨機路過的一百個人，其中有多少人敢肯定這一切只是**偶然**造成的？更何況，宇宙形成的時間並不算久遠——最多十五億年。有個有關打字的著名論據：一隻黑猩猩隨機敲打打字機鍵盤，需要多長時間才能打出一本莎士比亞著作呢？一個盲目的偶然創造出一個宇宙，又需要多長時間呢？必定不只十五億年！……這不僅是路人的意見，也是偉大科學家們的看法。人類歷史上，或許沒有比牛頓更卓越的頭腦了，想想看，他超凡的驚人智力，能把地球的地心引力和星球運轉結合在一起！牛頓相信神，堅決相信，乃至於生命最後一段歲月都致力於研讀聖經注解——這也是他唯一真正可理解的聖書。愛因斯坦也不是無神論者，雖然他真正的信仰內容比較難以界定，但是他反駁波爾[54]時所說的『神不擲骰子』這句話

---

52 譯注：巴枯寧（M.A. Bakounine, 1814-1876）：俄國無政府主義革命家。
53 譯注：基里洛夫是杜斯妥也夫斯基小說《附魔者》裡的主人翁。
54 譯注：波爾（Niels Bohr, 1885-1962）：丹麥著名物理學家，一九二二年以對原子結構以及從原子發射出的輻射的研究而榮獲諾貝爾物理學獎，是個眾所皆知的無神論者。

絕非玩笑之言，他認為宇宙之法是由偶然所掌握這種說法是全然不可能的。伏爾泰則認為『上帝鐘錶匠』是不可駁斥的論據[55]，這個理論持續整個十八世紀，甚至隨著科學逐漸緊密連結天文物理學和粒子活動的關係而更令人信服。人類這種孱弱的生物，生活在一個尋常銀河系裡偏僻一角的一個無名星球上，以兩隻小小的腿站著，宣稱『神不存在』，其中難道毫無令人感到滑稽之處嗎？唉，對不起，我實在太嘮叨了……」

「不，不必道歉，我真的很感興趣……」我真心地說。老實說我有點醉了，我偷眼一瞄，那瓶梅索已經喝光了。

「是真的，」我接著說：「我的無神論並沒有什麼根基，我若宣稱自己是無神論者，那就是太自大了。」

「自大，對，就是這個字，無神論其實包含著一種難以置信的驕傲、自滿。甚至基督教中神的體現這個概念，其實也帶點滑稽的驕傲自大。神變成人身……神為什麼不化身為天狼星或是仙女星座系上的人呢？」

「您相信有外星人？」我驚訝地問。

「我不知道，我並不常想這個，但這只是個算術問題：宇宙中充滿著密密麻麻一大群星體，每個星體又環繞著另一堆星體，生命若只出現在地球這麼一個星體上，會是很令人驚訝的事。但這不重要，我要說的是，宇宙很明顯是個智慧的組圖，很顯然是由一個巨大的智慧建構、實現出來的，這個簡單的想法遲早會重新讓人接受，這是我很年輕時就明白的一件事。二十世紀所有的思想辯論可以簡化為共產主義（人道主義的激進版）和自由民主主義（人道主義的軟化版）之間的對立，再怎麼說，格局都愈來愈小。當時人們已經開始談論回歸宗教，我在十五歲的時候就認為這是必然的現象。我的家庭是天主教徒——不過這也有點遠了，應該說我祖父母是天主教徒——所以我自然而然在第一時間轉向天主教。後來，從我進大學開始，就和身分認同運動走得很近。」

想必此時我很明顯地表達了我的吃驚之情，因為他停下話，半微笑地凝視著我。就在此時，有人敲門，他以阿拉伯話回應，瑪麗卡又出現了，端著一個托盤，上面擺著咖啡壺、兩個咖啡杯、一盤千層開心果蜜餅和三角酥餅，還有一瓶無花果酒和兩個小酒杯。

55 譯注：啟蒙時代的伏爾泰（Voltaire）認為世界就像一座鐘，神即是鐘錶匠。

何帝傑先幫我倆倒上咖啡，才繼續說話。咖啡很苦、很濃，我喝著很舒服，立刻清醒恢復精神。

「我從來沒隱瞞過年輕時參加的行動……」他接著說：「而且那些回教新朋友也從來沒因為這個指責過我，對他們來說，我在尋求擺脫無神論的掙扎裡，自然而然是先轉向追求原生的傳統。何況我們既不是種族歧視者，也不是法西斯分子——當然，老實說，某些認同主義分子的確距離法西斯不遠，但是我從來沒有，我向來覺得法西斯主義像個幽魂鬼怪、並且意圖虛假，希冀重新賦予死亡的國度生命，因為一旦抽離基督教精神，歐洲各國就只是無靈魂的軀體——只是鬼魂。但問題是：基督教能夠重生嗎？我曾經相信過，相信了幾年時間——但是疑慮愈來愈深，我愈來愈受到湯恩比[56]思想的影響，認同他所說的文明並不是被消滅，而是自己自殺消亡的說法。有一天，一切都翻轉了——準確地說，是二〇一三年三月三十日，我記得那是個復活節週末，那時我住在布魯塞爾，有時候會去大都會酒店的酒吧喝一杯。我一向很喜歡新藝術風格，在布拉格或維也納都有很精采的新藝術建築，巴黎和倫敦也有少數一些，但是依我之見——我不知道是對還是錯——新藝術風格的極致就是布魯塞爾的大都會酒店，尤其是它的酒吧。三十日那天早上，我偶然經過大都會酒店門口，看到一張告示，說大都會酒吧將在當日晚上無限期關閉。我驚愕萬分，問了服務生，他們跟我說消息確實，他們也不知關閉的確切原因。想想看，直到那天為止，我們可以在一個裝飾藝術的完美傑作空間裡，點三明治、啤酒、維也納咖啡、奶油蛋糕來享用，我們可以在日常生活中被美圍繞著，這一切都會消失，一瞬之間，就在歐洲的正中心！……是的，在那一刻我明白了：歐洲已經完成了它的自殺行動。身為於斯曼的讀者，我相信您也跟我一樣，被他根深柢固的悲觀、他針對當時代的平庸的咒罵搞得很煩；然而，在他那個時代，正是歐洲各國的鼎盛時期，是擁有大量殖民地的帝國首腦，統治全世界！……那真是個輝煌燦爛的時代，不僅在科學技術方面——火車、電燈、電話、照相技術、艾菲爾鐵塔這種金屬建築——藝術方面也是，能引述的名字太多了，不管是在文學、繪畫、音樂範疇……」

他說的毋寧很有道理，我覺得甚至連「生活的藝術」也都驚人的衰退。我接下何帝傑遞過來的一塊千層蜜餅，想起幾年前我看過的一本介紹妓院歷史的書。在書中附圖裡，有「美好年代」時期巴黎一間妓院的廣告單，我非常驚訝廣告單上「歐坦絲小姐」提供的特別性服務有許

---

56 譯注：湯恩比（A.J. Toynbee, 1889-1975）：英國著名歷史學家。

多是我從未聽過的，我完全不知道「黃土地的旅行」、「俄國帝王小香皂」會是什麼。在一個世紀之間，某些性行為便如此從人們的記憶裡消失——有點像某些失傳的工匠技藝，例如製作木鞋或敲鐘人。的確，怎不讓人興起歐洲衰亡的感嘆呢？

「這個處於人類文明巔峰的歐洲已經確確實實自殺了，只不過在幾十年時間裡，」何帝傑悲傷的說。他沒開燈，房間裡只亮著他書桌上的檯燈。「在這個歐洲裡，曾有過無政府主義者和虛無主義者的活動，訴諸暴力，否定所有道德律法。接下來幾年之後，一切都隨著那情無可原的瘋狂第一次世界大戰而結束。佛洛伊德說的沒錯，托瑪斯・曼說的也沒錯：倘若法國和德國這世界上最先進、最文明的兩個國家會加入這場瘋狂的血腥戰爭，那麼歐洲就死亡了。我當天在大都會度過最後一個夜晚，直到酒吧關門，然後我走路回家，穿過半個布魯塞爾，沿著歐盟各組織所在的那一區——像個陰森的碉堡，四周圍著貧民窟。次日，我前往札范登看一位伊瑪目，再次日——那天是復活節星期一——在十幾位見證人的面前，我宣讀了皈依伊斯蘭教的誓詞。」

我不太同意他所說的第一次大戰所扮演的決定性角色，當然，那是一場無法原諒的血腥屠殺，但是一八七〇年的普法戰爭就已經是荒謬的事——至少在於斯曼的描寫下是如此，並已經嚴重地貶損了任何形式的愛國主義。國家只是一個荒謬的殺人機器，這一點，任何稍有意識的人或許早在一八七一年就察覺了。我認為是由那時開始，推波助瀾了虛無主義、無政府主義和所有那些狗屁主義的茁長。至於更古老的文明，我就不太清楚了。夜色已降臨呂特斯競技場公園，最後幾名遊客也走了，少數幾盞路燈黯淡地照著競技場看台。在古羅馬帝國消亡之前，古羅馬人一定也認為自己的文明是永恆不朽的，他們也是自殺了嗎？古羅馬是個粗暴的文明，在戰鬥層面極為優秀——也是個殘暴的文明，大眾的娛樂是人與人、或人與獸之間的打鬥。在古羅馬人之間，是否有一個想消失的慾望、一個不為人知的弱點？何帝傑想必念過吉朋[57]、以及其他我頂多聽過名字的同類作者，我認為自己不夠格繼續討論這個話題。

「我真的話太多了……」他做了個困窘的手勢說，幫我斟了一杯無花果酒，又遞上甜點盤，甜點真是可口，和無花果酒的苦澀搭配無間。「時間晚了，或許我該走了。」我遲疑地說，其實我並不真的想走。

57 譯注：吉朋（Edward Gibbon, 1737-1794）：英國歷史學家、政治人物，《羅馬帝國衰亡史》為其最重要著作。

「請等一下！」他站起身，朝著書桌走去，書桌後面是一些字典和工具書。他拿著他寫的一本小書走回來，是附插圖的口袋書出版品，書名是《對伊斯蘭的十個疑問》。

「其實我已經寫過一本關於這個問題的書，還跟你絮絮叨叨了三個鐘頭的宗教話題，這一定是我的第二天性……您聽說過我這本書嗎？」

「聽過，很暢銷，不是嗎？」

「三百萬冊，」他歉然地說道：「我似乎身懷自己毫無察覺的普及能力。當然，這本書實在過分簡化……」他再次道歉，「但您至少能很快讀完。」

那本書只有一百二十八頁，還有很多插圖——大都是伊斯蘭藝術的複製圖，的確不用太多時間就能看完。我把書放進背包。

他又幫我倆各倒了一杯無花果酒。外面，月亮已升起，月光照亮了整個競技場，光線比路燈亮多了。我注意到植物牆上每個古蘭經詩句和銀河系照片的畫框，都各自有小燈泡照亮著。

「您的房子非常美……」

「我花了好幾年才得到的，相當困難，相信我……」他跌坐回扶手椅中，這一回，我感覺是我來到之後，他第一次鬆懈下來：他現在要跟我說的，是對他來說很重要的，這一點無庸置疑。「我感興趣的當然不是曾住在這裡的波朗，誰會對波朗感興趣呢？但對我來說，住在多米妮克·歐希（Dominique Aury）寫作《O孃的故事》（*Histoire d'O*），或說她筆下這段愛情故事的主人翁曾住過的屋子裡，每一刻都是幸福。那真是一本迷人的書，您不覺得嗎？」

我完全同意。《O孃的故事》其實充滿我討厭的元素，陳列的性幻想讓我覺得噁心，整本書俗不可耐——聖路易島上的公寓、聖傑曼郊區的豪宅、史蒂文爵爺，這些都讓人萬分厭惡。但是整本書貫穿著一種熱情、一股氣流，令人隨之起舞。

「是臣服，」何帝傑輕聲說：「書的主旨很簡單，但是之前從來沒有作家以這樣的力道詮釋過，那就是：人類至高的幸福，是絕對的臣服。這一點我一直遲遲不敢和我的教友分享，他們或許會覺得褻瀆，但我認為介於《O孃的故事》裡女人對男人的絕對臣服和伊斯蘭教中人對神的臣服，兩者之間必定存有關係。您知道，伊斯蘭教接受這個世界，全盤接受，以尼采的形容，就是接受它**原有的樣子**。以佛教的觀點，世界就是**苦**——充滿不圓滿、痛苦。基督教也對世界抱著大大的保留態度——撒旦不是被列為『世界的王子』嗎？對伊斯蘭教來說，正好相反，神創造的世界是完美的，是個絕對的傑作。古蘭經是什麼呢？無非是一首神祕而巨大的讚美詩，頌讚造物主、頌讚對於祂律法的臣服。通常，對那些想親近伊斯蘭教的人，我不會建議他們一開始就念古蘭經，除非他們願意努力學習阿拉伯文，直接由阿拉伯經文入門。我會建議他們先聽經文，跟著複誦，感受氣息和呼吸。伊斯蘭是唯一禁止在禮拜儀式中將經文翻譯成其他文字的宗教，那是因為整部古蘭經就是以節奏、音韻、迴旋附歌、疊韻諧音組成的。它就奠基在一個想法上，也就是以詩、以聲音和意義結合，來詮釋世界的這個想法。」

他又做了個表達歉意的手勢，我覺得他假裝因自己宣傳伊斯蘭教而困窘，事實上他百分之百意識到這一番說法，他早已使用很多次來說服他希望回歸的老師們。我猜想他特意提古蘭經拒絕被翻譯這件事，必定深得貝爾當・德基尼亞克之心，那些中古世紀文學專家，一直很排斥自己崇拜的中古文體被轉換為當代法文。然而再怎麼說，不管是不是刻意，他的言論終究充滿力道。我不由自主地想到他的生活模式：一個四十歲的妻子管做飯、一個十五歲的妻子管其他的……無疑的他還有一個或兩個年紀介於中間的妻子，但我不好意思追問。這回我下定決心站起來告辭，謝謝他這個熱烈而有意思的下午，還拖到晚上。他說他也度過了非常愉快的時光，送我到門口時又說了一大堆客氣話，但我倆都是真誠的。

❖

我回到家，在床上翻來覆去一個多鐘頭之後，發覺自己根本睡不著。家裡已沒什麼可喝的，只剩下一瓶蘭姆酒，這和剛才喝的無花果酒根本不合，但是我需要酒精。生命裡頭一次，我開始思考神，嚴肅地想像一個創造宇宙的神，監視著我的一舉一動，而我第一個反應非常明確：那就是純然的害怕。在酒精幫助下，我慢慢平靜下來，重複對自己說，我其實是個毫無輕重的人，神一定有其他更重要的事要做，之類云云。然而剛才的想法仍揮之不去，令人驚恐，祂可能會突然注意到我的存在，祂或許要**下重手**，例如讓我得個口腔癌，像於斯曼一樣，有很多吸菸者都得了口腔癌，佛洛伊德也不例外，對，口腔癌合情合理。切除了下顎，我該怎麼辦？我該怎麼出門、去超市、買東西、忍受別人同情和厭惡的眼神？如果我不能自己去買東西，誰去幫我買呢？長夜漫漫，我覺得自己簡直是悲劇性的孤獨。我至少有自殺的基本勇氣嗎？我甚至不確定。

我早上六點醒來，頭痛欲裂。等咖啡滴漏的時候，我想找《對伊斯蘭的十個疑問》，找了一刻鐘之後，必須接受這明顯的事實：我的背包不在，一定是掉在何帝傑他家了。

我吞了兩顆止痛藥，拾起精力埋首於一本一九〇七年出版的舞台劇專用字彙辭典，找到兩個於斯曼使用的罕見字彙，這又很可能被人歸類為他發明的新創詞。這是我的出版工作裡有趣的部分，有趣而且算簡單，比較累人的是序言，也是考驗我功力之處，這點我很清楚，我遲早都得再複習一遍我的博士論文。厚厚八百頁令我駭然，幾乎壓垮我。如果我沒記錯，我當時以於斯曼之後將會皈依宗教的眼光又回頭重新讀一次他所有的著作，這也是作者的意圖，我無疑被他牽著鼻子走——在《逆流》寫成二十年之後續版的作者自序裡，這一點昭然欲揭。《逆流》無可避免地帶領他投入宗教的懷抱嗎？於斯曼的確投入了宗教的懷抱，而且他無疑是真心誠意的，他最後一本著作《露德朝聖地的人群》完完全全是個基督教徒的寫作，這個憤世嫉俗的孤獨審美家，經過了對聖蘇比式的迷信盲從的厭惡排斥，最後還是被朝聖人群的虔誠信仰所觸動。另一方面的實際層面來說，這個皈依也並沒有要求他多大的犧牲：他在利吉格修道院的居士身分，讓他可以不必生活在修道院裡，他有自己的僕役，幫他準備在他生命中占有一席重要之地的高級料理；他有自己的書房，和荷蘭進口的菸草。他會參加所有的禮拜彌撒，無疑他是真心投入，在他最後幾本著作裡，我們可以念到他對天主教儀式不只美學、而是近乎感官的狂喜感覺，然而，何帝傑前一晚提到的形而上的意義，於斯曼卻從來不曾提到。這讓巴斯卡懼怕、讓牛頓和康德陷入驚嘆和崇敬的浩瀚宇宙，他卻絲毫不覺。誠然，於斯曼後來皈依了天主教，然而卻不是和佩吉或克勞戴[58]同樣的方式。這一刻，我明白自己的博士論文不會有太大的幫助，甚至於斯曼自己嘴裡宣稱的，也未必有多大幫助。

早上十點鐘，我認為是到競技場街五號的適當時間，前一天的管家微笑地接待我，依舊一身白色中山裝制服。他跟我說何帝傑教授不在家，而我的確遺留了一個物件。三十秒之內，他就把我的愛迪達背包拿來，想必他在發現的第一時間就把它收了起來。他殷勤有禮、有效率、低調，老實說，他這位管家比妻子們還更讓我驚訝，所有大小行政瑣事，想必他一眨眼就能處理好，彈指就能解決。

我走下卡特法吉街，發現自己不知不覺走到了大清真寺門口，我的思緒並非高超地想到宇宙創造者，而是低微地想到史蒂夫：我心想，教師品質的確大大降低了。我雖然不像貝爾當．德基尼亞克聲望這麼高，但是回學校，必定會受到重用。

58　譯注：克勞戴（Paul Claudel, 1868-1955）：法國詩人、劇作家、法蘭西學院院士。

我現在不是信步亂走，而是有意識地沿著多本頓街，朝索邦巴黎第三大學走去。我並不想走進校區，只想在鐵欄大門前徘徊，但是看到那個塞內加爾警衛，我著實開心。他也是一臉高興。「很高興看到您，先生！您回來了真好！……」我不想反駁，跟著他走進校區內院。我在這所大學裡度過了十五年生命，在這裡哪怕只看到一個認識的人，心裡還是挺高興的。我心想他是否也皈依伊斯蘭，才得以繼續被聘用呢？但或許他本來就是伊斯蘭教徒，某些塞內加爾人信回教，至少在我印象裡是這樣。

我在鋼梁長廊間信步了一刻鐘，很驚訝自己的懷念之情，但也充分意識到這環境實在非常醜陋，這些難看的建築是在現代化最糟糕的時期興建的，但是懷念和美感毫不相干，甚至不見得和某個美好回憶有關聯，我們懷念一個地方，只是單純地因為曾在這裡活過，活得幸福與否並不重要，過去總是美好的，其實未來也是，只有當下讓人不堪，在過去與未來這無窮幸福安詳的兩端，人們馱著像腫瘤一般的痛苦。

漸漸地，隨著在鋼梁長廊間漫步，我的懷念慢慢消散，甚至腦袋裡什麼都不想。經過一樓咖啡廳前，我還稍稍想到了梅莉安，這是我們第一次見面的地方，雖只是短暫想到，心中卻相當痛苦。當然，現在的女學生都戴著頭巾，大都是白色頭巾，三三兩兩走在長廊上，這讓人想起修道院的內院，整體的第一印象是非常嚴謹認真。我心想，在最古老的巴黎索邦四大，古舊校區背景下，人們是否會感覺回到了阿伯拉與哀綠綺思[59]的時代呢？

❖

《對伊斯蘭的十個疑問》的確是本淺顯易讀的書，結構精巧非常有效率。第一章回答的問題是：「信仰是什麼？」對我來說並無新意，大體上就是何帝傑前一天下午在他家跟我說的：宇宙的浩瀚與和諧、完美的藍圖之類云云，隨之發展出一個簡短的鋪陳，一連串承先啟後的先知，直到盡善盡美的穆罕默德。

如同大部分的人一定會做的一樣，我跳過那些談論宗教義務、伊斯蘭教的砥柱、禁食等篇章，直接看第七章：「何以一夫多妻制？」本章的論點非常新穎：何帝傑認為，宇宙創造者為

59 譯注：阿伯拉（Abélard）是十二世紀哲學家、神學家，創立索邦大學的前身，與女學生哀綠綺思（Héloïse）相戀，並留下大量往來書簡。

了精進世界藍圖，那些無生物的宇宙空間，是以幾何法排列（不是歐基里得的幾何，也不是非交換幾何，但還是一種幾何）。至於生物則相反，創世者的藍圖是以自然篩選為基準：因此，有生命的宇宙空間才能臻於最極致的美、活力、力量。對一切包括人類在內的各種動物，基準是一樣的：某些個體被選為播種者，繁衍下一代，代代相傳不息。對哺乳類動物來說，鑑於母體妊娠期的時間，以及雄性幾乎無限制的繁殖能力，篩選的壓力最主要落在雄性身上。雄性間的不平等——倘若某些雄性有幸占有好幾個雌性，其他的勢必會被剝奪權利——不該被視為產生出一夫多妻的違反常理結果，而是落實自然篩選的目的，物種的命運就是如此。

這個奇特的觀點讓他直接引伸到第八章，主題是「伊斯蘭的生態學」，他在這章也順便提及清真認證飲食，將之類比為一種有機飲食改進版。至於第九章和第十章，談論經濟和政治機構，似乎是特意為穆罕默德．賓阿貝的參選鋪路。

在這本鎖定大眾讀者——而且目標也已達到——的著作裡，何帝傑為了迎合充滿人道主義的讀者，做了許多妥協，並且不停地把伊斯蘭與之前放牧和殘暴的文明做對照比較。他強調伊斯蘭並沒有發明一夫多妻制，反而是優化這個制度的施行，它也沒有發明亂石打死的石刑、割除陰蒂這些做法；先知穆罕默德則是解放奴隸的功臣，他奠定了所有人在創世主前的一律平等，在所有他掌管的國家裡消除了一切形式的種族歧視。

這些說法我都已經知道，聽過一千次了，但不能否定它們為真。但我們見面時，最讓我驚訝的、而在讀他這本書時驚訝更為增強的，是何帝傑這種**精心排練的說詞**，無可避免地把他和政治圈拉近。在競技場街他家的那個下午，我們絲毫沒談到政治，但是一個星期之後，我毫不訝異地得知政府部會小規模重組之中，他被任命為新政府又重新設置的高教司總祕書。

在這期間，我還發現他在一些比較私密的文刊，諸如《巴勒斯坦研究》（*Revue d'études palestiniennes*）或《伊斯蘭族群》（*Oummah*）裡刊登的文章，並不是那麼謹言慎行。新聞記者缺乏好奇深究的心，真是學術界人士的一大福音，因為今日這些文章都可在網路上輕易找到，我感覺其中一些文章很可能給他帶來困擾；不過也可能是我想錯了，二十世紀那麼多知識分子曾經支持史達林、毛澤東、赤柬的波布，也從來沒真正被譴責過，在法國，知識分子不必**負責任**，這不是他們的天性。

在《伊斯蘭族群》上，何帝傑發表了一篇伊斯蘭是否被召喚來統治世界的文章，他的結論是肯定的。文章裡他幾乎沒多談西方各國文明，在他眼裡，西方文明很明顯被判了死刑（自由個人主義若是僅瓦解黨派、企業團體、種姓階級這些中間組織，那應該會成功，但是它開始染指家庭、人口這個最崇高的組織，那就是宣告了它大勢已去；如此一來，邏輯上來說，伊斯蘭的時代來臨了）。談到印度和中國這兩個例子時，他費了比較多唇舌：倘若印度和中國保存它們的傳統文化，將可不受一神論的影響，逃過伊斯蘭的掌握，但是一旦被西方價值污染的話，便也注定死路一條：他詳細解釋進程，並預測了時間表。文章清晰且資料充分，處處顯露出他受蓋農的影響，那截然分隔開概括的傳統文明與現代文明的基本論點。

在另一篇文章裡，他清楚地贊成財富不必平均分配。倘若所謂的「赤貧」不應該出現在一個真正的回教社會中（救苦濟貧是伊斯蘭教五大支柱之一），但也不該消弭生活在稍微貧窮狀態的廣大群眾，和極少數極為富有、可以誇張瘋狂消費的個體之間的差距，因為後者維持了奢侈品和藝術的存活。這種貴族姿態，是直接承襲尼采，何帝傑其實極為忠實於他年輕時的思想導師。

說他承襲尼采思想，也是因為他對基督教表現出的諷刺且殺傷力很強的敵意，最大的根源就來自耶穌這個嚴肅端莊、脫離社會的人格型態。他文章裡寫道：基督教的奠基者喜歡女人相伴，這不言自明。他借用《反基督》作者尼采的一句話：「若伊斯蘭蔑視基督教，可以找到一千個原因。伊斯蘭擺在第一順位的，是**人**……」何帝傑又寫道：將耶穌神化，是基督教最根本的錯誤，無法彌補地引致人道主義和「人權」。這一點尼采也說過，用詞還更尖銳，甚至他很可能認為伊斯蘭教的使命就是淨化世界，讓世界擺脫神化作人身這種毒化的教義。

年歲漸長，我自己也愈來愈接近尼采的思想，就像當我們遇到水管漏水的問題時，無可避免會想到他一樣。我覺得自己比較偏近於希伯來聖經中所說的神（Élohim），掌管宇宙穹蒼所有星體的最高指揮，而非祂那平庸的後代。耶穌太愛世人了，這就是問題所在，讓世人將自己釘上十字架，這至少表現出祂的品味太差——就像尼采以他老娼妓般的嘴會形容的一樣。祂其他的作為也不怎麼出色，譬如說原諒出軌的女人，扯出像「沒罪的人就丟石頭吧」之類的話。事情其實很簡單，只要叫一個七歲的孩子丟石頭就行了——他絕對會丟第一塊石頭的，那個死小孩。

何帝傑文筆很好，文字清楚有條有理，不時帶點詼諧，例如他嘲笑另一位同事（無疑是一位回教學術界的競爭對手）在一篇文章中提到伊瑪目二·〇，指那些致力於宣導回教移民第二代、已成為法國國民的人皈依伊斯蘭的伊瑪目；他糾正他說，應該已經到了伊瑪目三·〇的時代了：那就是宣導原生土長的法國年輕人皈依伊斯蘭教[60]。但是何帝傑的詼諧絕不會持久，立刻刀鋒出竅，轉為嚴肅的討伐。他瞄準的對象尤其是那些所謂的「伊斯蘭左派分子」：他寫道，伊斯蘭左派是變相的、腐爛的、死絕的馬克思主義絕望的掙扎，意圖攀著崛起的伊斯蘭，從歷史垃圾堆裡重新站起。他又寫道：從概念上來說，他們和「左派的尼采主義者」同樣令人發笑。他還真滿心滿腦縈繞著尼采，但是，他從尼采學說發展出的文章很快讓我厭倦——無疑是我自己已讀過太多尼采，已經太過認識、太過了解他，因而對我已經失去任何吸引力。相當奇怪的是，我倒是比較注意他接近蓋農的那部分——的確，蓋農的東西要全讀完相當煩人，何帝傑提供了一個容易親近的版本。我特別喜歡他刊在《傳統研究文刊》（*Revue d'études traditionnelles*）上，題目是「聯繫的幾何」的一篇文章。文中他再一次談及共產主義的失敗——第一個試圖對抗自由個人主義的思想，強調托洛茨基終究比史達林有道理：共產主義只有放諸全世界，才有可能勝利。同樣的，伊斯蘭也是如此：它必須是全球的，否則就無法施行。但是文章的主旨是圍繞圖表理論做的一個奇特思考，當然也免不了某種史賓諾莎的老調，還加了注釋和一堆亂七八糟的東西。文章試著闡明，唯有宗教能在個體之間創造一個整體的聯繫。他寫道，若觀察一個關聯圖表，每個個體（每個點）以個人關係相連的話，不可能做出一個全部個體都相連的圖表。唯一的方法是通過更高一個層面，以神為唯一的相連點，所有個體才能透過神而互相連結。

這一切淺顯易讀，雖然我覺得幾何圖形的呈現是個謬誤，但總之讓我可以先不去想水管漏水的問題。我的學術工作一片死寂：出版注釋方面一步一步完成，但是序文還是一個字都沒寫。在網上查詢於斯曼的時候，我還偶然發現刊登在《歐洲文刊》（*Revue européenne*）上何帝傑的一篇精采文章。文章裡只湊巧提起於斯曼，認為他是彰顯自然主義與物質主義已走入死胡同最明顯的一位作者；但該文主旨其實是拐彎抹角對他當年的傳統主義和認同分子同志喊話。他大聲疾呼，針對伊斯蘭的非理性敵意使他們無法認清事實，委實令人惋惜，因為其實他們本質上是和回教完全相通相合的。不管是對無神論、人道主義的駁斥，抑或是對女性必需的服從，乃至於回歸父權制度，從各個角度來看，他們的訴求是完全一樣的。總之，這項復興另一階段的文明的重任，基督教今日已無法勝任，而應由更合情入理、更清楚且更真實的基督教姊妹宗教伊斯蘭教來承接（否則，例如像蓋農何以皈依伊斯蘭？蓋農擁有科學精神，他因伊斯蘭

---

60 譯注：如同電腦代代出新，從二・〇升級到三・〇的說法。

教簡約的概念和科學性而選擇了伊斯蘭教，也是為了避免某些不理性的小眾信仰，例如繁瑣的聖體聖事），因此，今日承接文明火炬的，是伊斯蘭。天主教廷長期以來的矯揉造作、假裝溫情、加上進步主義者的搗亂，已無法匡正愈來愈敗壞的道德，已無法斬釘截鐵地駁斥同性婚姻、墮胎法、女性工作權。必須認清一個事實：腐爛到發臭的西歐已經連自己都無力拯救——如同五世紀的古羅馬帝國。大量湧入的移民身上還保存著尊敬自然階級、女性順從、尊敬長者這些傳統價值，為歐洲的道德和家庭價值注入歷史性的新血，開展舊大陸一段新的黃金時期的前景。這些移民有些是基督徒，但必須承認，大部分都是回教徒。

何帝傑是第一個認同中古時期基督教是個偉大文明的人，當時代的藝術結晶將永存人類記憶之中；但是基督教漸漸式微，只得妥協於理性主義者，無法讓當代政權臣服於宗教勢力，因此漸漸走上死路，為什麼會如此呢？老實說，是個無解之謎，是神的旨意。

❖

過沒多久，我收到很久之前訂購的一本里格（Lucien Rigaud）的《現代行話俗語辭典》

（*Dictionnaire d'argot moderne*），是歐蘭朵夫出版社（Ollendorff）於一八八一年出版的，讓我得以消除一些疑點。如同我之前懷疑的，「打冷顫者」並不是於斯曼的新創詞，行話裡指的是妓院，「兔籠」則是廣義的賣春場所。於斯曼幾乎所有的性行為，對象都是妓女。在他寫給荷蘭友人阿希濟．普蘭斯（Arij Prins）的大量信簡裡，巨細靡遺地描述了歐洲各地妓院。我突然覺得自己應該到布魯塞爾去一趟。我並沒有任何特殊理由，當然，於斯曼的作品當年是在布魯塞爾出版，但說實話，二十世紀下半幾乎所有重要作家的作品，為了躲避審查，都是由比利時出版商出版，於斯曼只是其中之一，況且在我寫論文期間，並未覺得有必要去布魯塞爾一趟；我是在幾年之後才去的，而且是為了波特萊爾才去的。這個城市最讓我印象深刻的，是骯髒、悲傷，以及各群體之間明顯的仇恨，比巴黎或倫敦更甚：在布魯塞爾，比在其他歐洲首都，更讓人覺得瀕臨內戰邊緣。

前不久，比利時的回教黨才獲得大權，從平衡歐洲政治的角度來看，這起事件被認為相當重要。當然，在英國、荷蘭、德國等國家的回教政黨已經是組成聯合政府的一角，但是比利時是繼法國之後，回教黨成為多數黨的第二個國家。歐洲右派之所以在比利時潰敗，答案很簡單：弗拉芒區和瓦隆區兩邊的民族主義政黨，各自在自己的區裡都是最大政黨，但兩邊從來不和、甚至沒有試圖真正對話，而弗拉芒區和瓦隆區的回教黨，有共同宗教為基礎，很輕易就達成政府共識。

比利時回教黨大勝，穆罕默德・賓阿貝立刻發表熱烈祝賀。他的政府祕書長黑蒙・史都文能的生平，其實和何帝傑很像：在皈依伊斯蘭教之前，也曾加入認同陣營，並占有一席重要之地——但從未和陣營中公開表示新法西斯態度的那些分支同流合污。

歐洲北方高速列車餐車上，現在除了提供傳統菜單之外，也提供清真認證食物，這是第一個明顯的改變——也是唯一一個：比利時街道還是一樣髒，「大都會酒店」雖然酒吧關閉，依然泰半維持著舊日的輝煌。我在晚上七點時走出旅館，這裡天氣比巴黎還冷，人行道上覆蓋著一層髒兮兮的黑雪。我走進菜園香草山街上一家餐館，猶豫著要點比利時風味奶油燉雞或是綠醬鱔魚，突然之間，我確定自己完全了解了於斯曼，比他自己還更了解，而我現在可以寫序文了，必須趕緊回旅館記下重點，於是還沒點餐就走出了餐廳。旅館的客房服務也提供比利時風味奶油燉雞，問題迎刃而解。如果太著重於於斯曼作品中得意洋洋時時提起的「頹廢」、「荒唐」，那就是走偏了路，其中隱藏的只不過是自然主義者的一個怪癖，當時代流行的老套，想藉此鬧出醜聞、讓中產階級舉座譁然，其實只是寫作事業上的考量；作品中肉體放蕩和修道院嚴峻生活的對比，也沒有什麼直接關聯性。禁慾守貞並不成問題，從來也不是個問題，不管對於斯曼或對任何人都是如此，我在利吉格修院短短幾天的停留，更讓我證實了這一點。男人面對性挑逗（而且這些挑逗極為統一化，低胸和迷你裙一定奏效，如同西班牙文活靈活現形容的 **tetas y culo**：「胸部和屁股」），就會引起性衝動，消除這些衝動起因，幾個月、有時幾個星期之後，他就不再有性衝動，性成為塵封的記憶。事實上，性從來不是個問題，對我個人來說，自從伊斯蘭政體施行以來，女性服裝趨向正規，我感覺自己的性衝動愈來愈低，甚至好幾天都不會想到性這回事。對女性而言或許稍有不同，女性的性衝動比較模糊，因而比較難掌控，但我委實沒時間深入討論這主題之外的細節，我振筆疾書記下重點，吃完比利時風味奶油燉雞後，我又叫了一盤乳酪，不只性從來不是於斯曼自己所假定的重點，甚至連死亡都不是，他擔憂的並不是生死，格呂內華德那幅基督釘在十字架上的畫令他如此震撼，並不是因為耶穌瀕臨死亡，而是祂肉體受到的痛苦，就這一點，於斯曼和所有眾生一樣，對自己的死亡通常漠視，真正擔心、真正憂慮的，是想盡量逃避肉體的苦痛。在藝術評論範圍也一樣，於斯曼彰顯的態度是騙人的。他大力稱頌印象派畫家，以對抗當時代的學術畫派，同時也發表了讚賞諸如古斯塔夫·摩洛或是奧迪隆·魯東[61]這些畫家；但他在自己的小說裡，對印象派或象徵主義的畫遠不如對更早期的傳統畫風——弗拉芒大師們——表示喜愛。在《擱淺》一書中呈現的夢魘般描述，的確令人聯想到象徵主義畫派怪異的風格，但被視為相當失敗，總之遠不如《那邊》一書中在卡艾茲家吃飯的熱情、親密的敘述所留下的深刻印象。我發現我把《那邊》留在巴黎了，得趕快回巴黎，上網一查，下一班北方高速火車早上五點出發，七點鐘我已回到巴黎，找到他描述「卡艾茲媽媽」的料理那些段落。於斯曼作品真正的主題，是他這位單身漢難以得到的中產階級幸福，他嚮往的甚至不是富有的中產階級，《那邊》書中頌揚的料理，是人們所謂的家庭料理，和達官顯要的盛宴扯不上關係，在《居士》書中，他對那些「飾有徽章的笨蛋們」只有表示出毫不留情的鄙視。在他眼中，真正的幸福是和藝術家、朋友們一起吃飯，圍著一鍋牛肉燉蔬菜，配著辣根醬、一瓶「樸實」的葡萄酒，然後再喝李子燒酒和抽菸，待在暖爐旁，外面冬季寒風呼嘯吹過聖蘇比教堂高塔。這種單純的幸福，於斯曼一生都無緣享受到，這樣看來，布洛瓦該是多麼冷酷且殘忍，才會驚訝於斯曼一八九五年在安娜·莫尼耶（Anna Meunier）過世時流下淚來，她是於斯曼唯一長久的女性伴侶，在她罹患當時無藥可醫的精神疾病、致使他不得不將她送進聖安娜醫院之前，唯一能讓他短暫享受到家居生活的女人。

那天我出門買了五條香菸，又找出黎巴嫩熟食店的名片，兩個星期之後，序文已經完成。從亞速群島往上移的低氣壓影響到法國，空氣中開始有絲微溼潤的春天味道，就像一抹曖昧的溫潤。若是在去年，這種氣候下，都可以開始看到女生穿短裙了。我走下舒瓦奇大道，接著柯布蘭大道，然後是蒙日街。在「阿拉伯世界文化中心」附近的一家咖啡廳裡，我重新讀一次我那四十幾頁的序文，有一些標點符號的細節要重看一下，幾個注釋要確定一下，不過，毫無疑問：這是我寫過最好的一篇文章；也是所有研究於斯曼的文章裡，最好的一篇。

我緩緩走回家，像個小老頭，慢慢地察覺，這一回，是我學術生活真正的結束，也是我和喬里—卡爾・於斯曼這一段漫長關係的終點。

61　譯注：古斯塔夫・摩洛（Gustave Moreau, 1826-1898）、奧迪隆・魯東（Odilon Redon, 1840-1916）是法國十九世紀代表性的象徵主義畫家。

❖

我當然沒把這消息告知巴斯田．拉固，我知道一年或許兩年內，都不需要緊張出版的時間，因此我可以慢慢寫頁底注解，總之接下來是我生命中最舒舒服服的一段期間。

也沒有多舒服，我一打開信箱就犯嘀咕，這是我從布魯塞爾回來第一次打開信箱，一大堆扣繳保險帳單問題又來了，這些文件「永不止息」。

我目前沒勇氣打開任何一封這些文件，兩個星期當中，我處於**理想的狀態**，也就是處於創造的小小天地裡，現在回復到一般行政庶民的身分，難免覺得分外艱難。在一堆官方文件中，有一封是介於帳單與私人信件之間的，發信者是巴黎索邦第四大學，我心想，啊哈。

當我看了信之後，剛才那聲「啊哈」就更實質了：我受邀（就是次日晚上）參加強—弗郎索．洛瓦斯勒教授的就職典禮。正式典禮在黎胥留大廳舉行，演講發言之後，旁邊一廳設置有雞尾酒會。

我非常清楚記得洛瓦斯勒，多年以前，是他引薦我加入《十九世紀研究文刊》的。他進入大學任教，憑藉的是他研究勒貢特．德里爾晚期詩作的傑出博士論文。勒貢特．德里爾和埃雷迪亞[62]同被視為高蹈派代表詩人，被大多數人鄙視，文學史編撰家們評斷他只是個「缺乏天分的守分文學匠人」。但是不知受什麼宇宙大翻轉的神祕影響，他晚年突然創作了一些怪異的詩，和以前的詩風完全不像，也不像他當時代人的詩，老實說，什麼都不像，第一眼看來會覺得這些詩完全瘋言瘋語。洛瓦斯勒第一個長處，就是把他那些詩挖出土；第二個長處，是還能找到一些話來評論它們，雖然沒辦法將它們歸類為任何真正文學流派——他認為應該將它們貼近於高蹈派式微時崛起的某些學術現象，諸如神智學和靈性運動。在這個沒有任何競爭者的範疇裡，他因而塑造了某種名望——當然不能與貝爾當·德基尼亞克的國際聲望相提並論，但也經常受邀到牛津大學和聖安德魯斯大學演講。

洛瓦斯勒的個人形象，和他的研究實在搭得不能再搭，我從來沒碰過比他更像幽默漫畫主人翁科希努斯[63]的人了：骯髒的灰色長髮、深度近視眼鏡、顏色亂搭且瀕臨油髒邊緣的西裝，

---

62 譯注：勒貢特·德里爾（Leconte de Lisle, 1818-1894）和埃雷迪亞（José Heredia, 1842-1905）是法國高蹈派代表詩人。

63 譯注：科希努斯（Cosinus）是法國漫畫家Christophe於一八九三年開始連載的漫畫主人翁，是個數學物理天才，做了許多新奇瘋狂的發明。

整個人讓人興起稍帶同情的尊敬。他當然不是故意角色扮演，這是他的本色，沒辦法更改；除此之外，他是世界上最和善、脾氣最好的人，完全不虛僑。擔任教職無論如何還是必須和各種不同天性的人產生某種形式的接觸，這一點向來令他退避三舍，何帝傑是怎麼說服他的呢？是啊，我至少去參加一下雞尾酒會，好好搞清楚這一點。

索邦這間大廳帶著一點歷史光環，且位居如此耀眼的地段，在我教書的那個時候，這間大廳從來沒被大學拿來開晚會，倒是經常高價出租作為服裝發表會或是其他名流活動的場地，這雖有點失面子，但對學校運作經費大有助益。沙烏地阿拉伯資方們革除了這個惡習，在他們的熱血之下，這地方重新找回了學術殿堂的尊嚴。走進第一間大廳，我開心地看到全程陪伴我寫作序文的黎巴嫩熟食店橫幅招牌，他們的菜單我現在都會背了，於是毫不遲疑地點了我要的菜。與會者和平常一樣，法國大學教師混合阿拉伯達官顯要；但是這一次法國這方多出不少人，我感覺所有的法國教師都出席了。這很能理解：為了沙烏地阿拉伯新制祭出的高薪折腰，還是被很多人視為丟臉的行為，可說是通敵吧，藉著聚在一起，人多勢眾，給彼此勇氣，歡迎新加入同事更是一個天大的好機會。

我剛拿了一些小點心，就和洛瓦斯勒面對面碰個正著。他改變了：雖然稱不上體面，但他的外表真的進步太多。以前骯髒的長髮現在幾乎算梳過，西裝外套和長褲差不多是同色系，上面沒有任何油漬或香菸燒到的痕跡；我們會感覺到，至少這是我的感覺——有一隻女人之手打理過的痕跡。

「噯，是的……」我還沒問他就招認了，「我往前跳躍了一步。好奇怪，我之前從來沒想過，其實還挺不錯的。我很高興看到您。您呢，過得可好？」

「所以您的意思是說，您**結婚**了？」我實在需要他的證實。

「是啊，是啊，結婚了，是這樣。其實滿怪異的，兩人成為一體，不是嗎，但是很好。您呢，過得可好？」

他大可以跟我說自己成為吸毒者，或是滑板運動愛好者，老實說，洛瓦斯勒無論做什麼都不會讓我驚訝，但這消息還是讓我吃了一驚。我盯著他爛兮兮的暗藍色西裝上掛的榮譽勳章，愚蠢地重複問：「**結婚**？和一個**女人**？」我想像他直到六十歲都會是個老處男，而且這是很可能的。

「是啊，是啊，一個女人，他們幫我找的。」他不停點頭，「一個大學二年級的女學生。」

我啞口無言，此時，一個同事前來跟他講話，一個和他同調調的小老頭，但至少比他乾淨稱頭一點——好像是位研究十七世紀滑稽文學的同事，寫過一本關於斯卡龍[64]的著作。不久之後，我遠遠看到何帝傑在另一端的一小群人之中，這陣子我專心寫序文，沒多想到他，看到他我才發覺我很開心又見到他。他也熱情地跟我打招呼，我開玩笑地說，現在該稱他「部長先生」了，「政治是怎麼樣呢？真的很艱辛嗎？」我比較嚴肅地問。

「是真的。大家跟我描述的毫不誇張。我其實已經習慣大學裡的你爭我鬥，但現在更進一級，不過呢，賓阿貝實在是個傑出的人，我很榮幸能和他一起奮鬥。」

我想起譚諾先生，想起我們在他位於洛特省的家晚餐時，他將賓阿貝比作奧古斯特大帝的言論，何帝傑似乎對這個類比很感興趣，陷入深思。他跟我說，和黎巴嫩、埃及的協商都很順利，和利比亞、敘利亞的接觸也開始進行，賓阿貝動用了他和該地區「穆斯林兄弟會」的私人友好關係。其實，他想做的，就是在不超過一個世代的時間裡，只經由外交管道，達成羅馬帝國花了好幾世紀才開闢的廣泛領域——並且不費一兵一卒，將領域開拓到歐洲北部的愛沙尼亞、斯堪的納維亞、愛爾蘭。他並且深知象徵的重要性，準備提出對歐洲領導策略的建議，提議將歐盟委員總部移轉到羅馬、歐洲議會移轉到雅典。「建立帝國的人才很罕見……」何帝傑深思地說：「想把不同的宗教、語言所區分的民族凝聚起來，融入一個共同的政治版圖，是一項困難的事。除了羅馬帝國，只有版圖稍小一些的鄂圖曼帝國。拿破崙無疑有這個才能——他對以色列的處理可圈可點，遠征埃及也顯示了他和伊斯蘭世界交涉的本領。賓阿貝，是的……很可能賓阿貝也有同樣的膽識……」

我大表贊同地點頭，雖然有點不懂為什麼提到鄂圖曼帝國，但是我在這輕盈浮動的氣氛中，和有文化的人禮貌交談，覺得很舒服。當然，我接下來又免不了提到我的序文，我實在難以割捨這多年來祕密占據我生命的有關於斯曼的研究——歸根究柢，我的生命除了這個，沒有其他目標，我有點憂鬱地察覺到這一點，不過沒講出口，聽起來有點太誇張了，但其實是真的。他注意聆聽著我，絲毫沒露出不耐的樣子。一位服務生經過，替我們添了點心。

「我也拜讀了您的書，」我說。

「啊……我很高興您抽空看了。對我來說，寫這種大眾讀者的小書，很不習慣。我希望您

---

64 譯注：斯卡龍（Paul Scarron, 1610-1660）：法國詩人、小說家，以劇情錯綜複雜的誇張滑稽小說著名。

覺得書解釋得還算清楚。」

「整體非常清楚，但我還是有幾個問題想問。」

我們往旁邊移幾步，靠到一扇窗子旁，雖只是幾步，但足以讓我們避開賓客從長廊一端到另一端來往的主要路線。窗戶看出去，可望見黎胥留下令興建的教堂的圓柱和圓頂，沉浸在一片白色清冷的光線裡，我記得他的腦殼保存在這座教堂中。「他也是一介偉人，黎胥留……」我沒多思考就衝口說出，但何帝傑立刻接話：「是啊，我非常同意您所言，黎胥留為法國做的貢獻良多。法國國王有的很平庸，這是偶然和基因造成的，然而偉大的總理大臣絕對不可能平庸。很奇怪的是，我們現在已是民主國家，兩者之間的落差依舊那麼大。我已經跟您說過很多我對賓阿貝的崇拜，但相對的，貝魯卻是個不折不扣的白痴，一個沒有實質的政治動物，最多只會在媒體前裝模作樣；幸而，真正擁有實權的是賓阿貝。您或許覺得我滿腦子都是賓阿貝，但是黎胥留讓我想到他：因為賓阿貝像黎胥留一樣，想為法文這個語言做最大的貢獻。一旦阿拉伯世界的各國加入，歐洲使用語言的平衡將傾向於法國。您等著看，遲早會有一個施行計畫，讓法語與英語平行成為歐盟組織的官方用語。我一直不停地談政治，對不起……您剛才說，對我的書有些疑問？」

「噯……」我沉吟了很長一段時間才說：「這有點尷尬，但是我當然也看了談論一夫多妻制的那個章節，您知道，我很難將自己定位為一個占優勢的雄性。今晚一來看見洛瓦斯勒，又讓我想起這一點，說真的，大學教授……」

「就這一點，我可以清楚地回答您：您錯了。自然篩選是一個普世原則，體現在所有生物上，但形式有時非常不同。它甚至存在植物界，但這有關土壤、水、陽光……人，是一種動物，這無須多說，但人不是草原上的狗，也不是羚羊，令他在自然界保持優勢的，不是他的利爪，不是尖牙，也不是跑得快，而是他的智力。因此，我非常嚴肅地跟您說：大學教授被畫分為占優勢的雄性，毫無不正常之處。」

他又露出微笑，「您知道，上次在我家那個下午的談話，我們談到形而上、宇宙形成之類種種，我深知通常這不是大家真正感興趣的；真正的議題，如同您所說，是有點難以啟齒的。現在我們談到自然篩選，還能試著把話題拉抬到一個理性層面，當然，要直接問：我薪水會有多少？我會有多少個妻子？是比較困難的。」

「薪水多少我差不多知道了。」

「妻子的數目呢，大概是依薪水多寡而定。伊斯蘭法律規定每個妻子享有同等待遇，光以住房大小來說，這已經是一個限制。以您的情況，我相信娶三個妻子沒多大問題——當然，沒有人會強迫您這麼做。」

這一切當然引人深思，但我還有一個更尷尬的問題，我偷眼看看四周，確定沒有人會聽到，才繼續說：

「還有一點……這個呢，委實有點難以啟齒……確實，伊斯蘭教服裝有它的好處，社會上氣氛變得更平靜了，但是我覺得還是有點……包得太嚴實了。若是要選擇的話，可能會出現一點問題……」

何帝傑的微笑更加擴大，「您不必覺得談這個有什麼尷尬，真的！若是沒有這種疑慮的話，就不是男人……但是我想問一個您可能覺得驚訝的問題：您真的想選擇嗎？」

「呃……是啊，我覺得是。」

「這難道不是種幻覺嗎？我們可以觀察到，所有處於選擇情況的男人，做的其實都是相同的選擇，這也造成在大多數文明、尤其是伊斯蘭文明裡，產生媒婆這個行業的原因。這是非常重要的一項職業，只能由深具經驗與智慧的女性擔任，她們當然有權檢視年輕女子的裸體，進行一種所謂評估的步驟，看她們的身體情況是否匹配未來先生的社會地位。以您的情況，我可以保證您不會抱怨……」

我什麼都沒回答，老實說，我目瞪口呆。

「倘若，」何帝傑繼續說：「倘若人類還有一絲改變的可能，那要歸功於女性心智的可塑性。至於男人呢，頑固不可教化，不管他是語言哲學家、數學家、還是音列音樂主義作曲家，在選擇繁衍對象時，無可避免必定以肉體為標準，而且是千年以來不變的標準。最剛開始，女人當然也受到肉體條件的吸引，但是施以適當教育，便能修正觀點，讓她們知道重要的不是這個。我們可以讓她們受到有錢男士的吸引——何況，要成為有錢人也必須比一般人多一點聰明和機靈。在某種程度上，我們也可以讓她們崇尚大學教授的優質性感……」他微笑得更明朗了，一時之間，我心想他是在嘲諷嗎？其實不是，我相信他不是。「而且，我們也能抬高教授的職俸，那事情就更簡單了……」他結論說。

某方面來說，他開拓了我的視野，我好奇洛瓦斯勒是不是也託了媒婆的福呢，但這問題問了等於白問：我能想像我這位前同事去「勾引」女學生嗎？以他的情況，媒妁之言很顯然是唯一的辦法。

晚會已近尾聲，夜色溫潤得令人吃驚，我慢步走回家，什麼都不想，好像在做夢。我的學術生涯已經結束，這是明顯的事實，我可能還會參加一些無足輕重的研討會，靠存款和退休金活著，但我開始發現到——這一點，還真是件新鮮事——或許，我的生命還有其他的可能。

❖

可能幾個星期之後，一段恰當的考慮期之後——在此期間，氣溫將慢慢回溫，春天緩緩降臨巴黎——然後，想當然耳，我會打電話給何帝傑。

他會有點太過誇張地表示欣喜，這是他貼心之處，想顯出吃驚，讓我覺得自己擁有自由決定權。他將會真心高興我的決定，這我知道，但其實他早就知道會手到擒來，一定早就知道，甚至那個我們在他家見面的下午他就知道了——我絲毫沒有隱藏愛伊莎的美色和瑪麗卡做的點心對我造成的印象。回教女人犧牲奉獻又順從，這點我大可放心，她們自小被教養成如此，做個好妻子，這些就夠了；做菜手藝我不怎麼在意，不像於斯曼那麼重視，不過她們也會接受適當教育，真的不受教、無法做出尚可下嚥的家常菜的女子，想必是極少數。

皈依儀式本身很簡單，應該會在「巴黎大清真寺」舉行，對大家都比較方便。鑑於我還算有點重要性，大學區區長應該會出席，或至少派一名重要手下來。何帝傑也會到場，當然。見證人數多寡並沒有規定，而且清真寺並未因此關閉，一定還有一些平日的虔誠教徒在場。我必須宣讀出誓詞，面對我新的回教兄弟——在神之前和我平等的兄弟。

那天早上，蒸汽浴池將會特別開放，通常早上是禁止男人進去的；我將穿著浴袍，走過長長的圓柱拱廊，兩邊牆上鑲嵌著精緻無比的拼花圖案，走進一間比較小的廳堂，四面牆同樣鑲嵌著考究的拼花圖案，籠罩在一片泛藍的光線下，我將讓溫熱的水緩緩、極為緩慢地流淌在我身上，直到身體獲得淨化。然後我會換上準備好的新衣服，走進皈依儀式的大廳。

我四周將會一片寂靜。銀河星子、超新星、漩渦星雲穿過我的腦際，還有泉水的影像、一片礦物質的無人沙漠、人跡不至的浩瀚森林，漸漸地，我會陷入崇高的宇宙秩序裡。然後，我將以平靜的聲音宣讀出以發音背下來的誓詞：「**Ach-Hadou ane lâ ilâha illa lahou wa ach-hadou anna Mouhamadane rassouloullahi**。」代表的是：「我宣誓除了真神之外沒有其他的神祇，而穆罕默德是真神派來的先知。」然後就結束了，我將從此成為一個回教徒。

索邦大學的晚會時間將會長得多。何帝傑愈來愈傾向政治事業，新近才被任命為外交部長，沒有多少時間應付大學校長的職務，然而他堅持要前來參加我的就職典禮（我知道、我確定他會準備一篇文情並茂的講稿，並滿懷欣喜地宣讀）。所有同事都將出席——我在七星詩社出版社的事在大學圈早已傳開，他們都聽到消息了，我當然不是可以蔑視的小人物；大家都穿著教授長袍，沙烏地阿拉伯校方高層新進恢復了教授長袍這個傳統。

我在發言之前（按照傳統，這就職發言很短），勢必會最後一次想到梅莉安。我知道她會有她的人生，比我的人生情況艱難很多，我會真心祝福她一生幸福——儘管我不太相信。

雞尾酒會將一團和樂，延遲到很晚。

幾個月後，學年將開始，當然會有大批女學生入學——美麗、戴著頭巾、靦腆害羞。我不知道教師們的名望高低是怎麼在學生中流通的，但是向來都流通著，這是無可避免的，我想這點不會有多大改變。這些美麗的女孩將很高興被我選上，很榮幸上我的床。她們值得愛，在我這方面來說，我也終將能愛她們。

這有點像幾年前發生在我父親身上的情況一樣，一個新的機會將在我面前展開，這將是開創第二個生命的機會，和前一個生命沒有多大關聯。

我將心無所悔。

米榭・韋勒貝克年表

麥田編輯部整理

一九五八年　米榭・韋勒貝克本名為米榭・多瑪（Michel Thomas），生於法屬留尼旺島。與外祖父母在阿爾及利亞度過童年。另有一說稱韋勒貝克自道一九五八年出生，實際上出生於一九五六年。

一九六一年　被家人送至巴黎祖母家，定居法國。祖母的女僕姓韋勒貝克，日後被韋勒貝克借用為筆名。中學時，於巴黎東北的莫城就讀寄宿學校。在學期間展現優越的思考能力，綽號「愛因斯坦」。

一九七五年　就讀巴黎格里尼翁農藝學校（Institut National Agronomique Paris-Grignon）。創辦文學雜誌《卡拉馬助夫》（*Karamazov*），並開始寫詩。

一九八〇年　畢業於農藝學校後，立即結婚，婚後一年育有一子。五年後，這段婚姻以離婚收場。韋勒貝克也陷入低潮，接受了一段時間的精神治療。

一九八五年　在《新法蘭西評論》（*Nouvelle Revue Française*）發表詩作，也是首度以「米榭・韋勒貝克」之名發表文章。

一九九一年　以兒時最喜歡的美國恐怖小說家洛夫克拉夫特（H.P. Lovecraft）為題，發表傳記散文《*Contre le monde, contre la vie*》。美國版序言由史蒂芬・金撰寫。

一九九四年　以小說處女作《*Extension du domaine de la lutte*》嶄露頭角。小說於一九九九年改編電影、舞台劇。

一九九八年　發表第二部小說《無愛繁殖》，引起國際文壇關注。榮獲法國十一月文學獎、二〇〇二年IMPAC都柏林文學獎。小說改編為電影，電影榮獲二〇〇六年柏林影展銀熊獎。

一九九八年　與認識六年的瑪莉—皮耶・高帝耶（Marie-Pierre Gauthier）結婚。

二〇〇〇年　出版中篇小說《*Lanzarote*》。小說元素與後作《情色度假村》相近。

二〇〇一年　出版《情色度假村》，小說中針對情慾和宗教的書寫使韋勒貝克廣受矚目，也招致反彈。數度改編為舞台劇，於歐洲各國演出。

二〇〇五年 出版《一座島嶼的可能性》。發表之際被視為該屆龔固爾文學獎最有希望奪獎作品，雖然最後並未獲獎。後榮獲二〇〇五年法國同盟文學獎（Prix Interallié）。二〇〇八年改編為電影，由韋勒貝克親執導演筒。「龐克教父」美國搖滾歌手伊吉・帕普（Iggy Pop）曾以本書為靈感創作專輯。韋勒貝克在訪談中表示這是莫大榮幸，因為自己從青少年時期開始就一直是帕普忠實歌迷。

二〇〇八年 出版書信集《*Ennemis publics*》，內容為與法國知名作家伯納—亨利・列維（Bernard-Henri Lévy）討論哲學、文學、宗教的電子郵件對話。

二〇一〇年 出版《誰殺了韋勒貝克》，並奪得該屆龔固爾文學獎。小說遭媒體批評有部分段落複製自維基百科，韋勒貝克坦承確實從維基百科上複製文字並貼上，但回絕抄襲指控，指責對方「根本不懂文學」，並援引波赫士和培瑞克，說明這是創作的其中一種形式。

二〇一五年 出版《屈服》。出版前就因題材尖銳引發關注，該期《查理週報》更以韋勒貝克肖像畫為封面。《屈服》上市數小時後，發生《查理週報》槍擊事件，韋勒貝克的友人也是逝世記者的其中一人。

litterateur 01

屈服

（龔固爾文學獎得主韋勒貝克震撼全法之作）

•原著書名：*Soumission*•作者：米榭．韋勒貝克（Michel Houellebecq）•翻譯：嚴慧瑩•美術設計：聶永真•校對：呂佳真•責任編輯：徐凡•國際版權：吳玲緯•行銷：巫維珍、何維民、蘇莞婷、林圃君•業務：李再星、陳紫晴、陳美燕、葉晉源•副總編輯：巫維珍•編輯總監：劉麗真•總經理：陳逸瑛•發行人：涂玉雲•出版社：麥田出版／城邦文化事業股份有限公司／10483台北市中山區民生東路二段141號5樓／電話：(02) 25007696／傳真：(02) 25001966、發行：英屬蓋曼群島商家庭傳媒股份有限公司城邦分公司／台北市中山區民生東路二段141號11樓／書虫客戶服務專線：(02) 25007718；25007719／24小時傳真服務：(02) 25001990；25001991／讀者服務信箱：service@readingclub.com.tw／劃撥帳號：19863813／戶名：書虫股份有限公司•香港發行所：城邦（香港）出版集團有限公司／香港灣仔駱克道東超商業中心1樓／電話：(852) 25086231／傳真：(852) 25789337／E-mail：hkcite@biznetvigator.com•馬新發行所／城邦（馬新）出版集團【Cite(M) Sdn. Bhd. (458372U)】／41-3, Jalan Radin Anum, Bandar Baru Sri Petaling, 57000 Kuala Lumpur, Malaysia.／電話：+603-9056-3833／傳真：+603-9057-6622／E-mail：services@cite.my•印刷：前進彩藝有限公司•2017年10月初版•2020年9月初版2刷•定價350元

國家圖書館出版品預行編目資料

屈服（龔固爾文學獎得主韋勒貝克震撼全法之作）／米榭．韋勒貝克（Michel Houellebecq）著；嚴慧瑩譯. -- 初版. -- 臺北市：麥田出版：家庭傳媒城邦分公司發行, 2017.10
面；　公分. --（litterateur ; RE7001）
譯自：Soumission
ISBN 978-986-344-488-6（平裝）
876.57　　106014095

城邦讀書花園
www.cite.com.tw

本書獲法國在台協會《胡品清出版補助計劃》支持出版
Cet ouvrage, publié dans le cadre du Programme d'Aide à la Publication《Hu Pinching》, bénéficie du soutien du Bureau Français de Taipei.